Astrid Pfister wurde am 23. Juni 1980 in Westerholt geboren, lebt zurzeit in Herne und arbeitet als Lektorin. Bislang wurden über siebzig ihrer Kurzgeschichten in Anthologien und Heftromanen veröffentlicht, u.a bei Bastei. Des Weiteren erschienen fünfzehn Romane, fünf Kurzgeschichtenbände und ein Gedichtband bei diversen Verlagen, wie Bastei Lübbe Midnight by Ullstein und dem BLITZ Verlag.

ASTRID PFISTER

Wie ein Leben ohne dich

ROMAN

Erstausgabe November 2022

Copyright © 2022 dp Verlag, ein Imprint der
dp DIGITAL PUBLISHERS GmbH
Made in Stuttgart with ♥
Alle Rechte vorbehalten

Wie ein Leben ohne dich

ISBN 978-3-98778-037-0
E-Book-ISBN 978-3-98778-031-8

Covergestaltung: ARTC.ore Design
Umschlaggestaltung: ARTC.ore Design
Unter Verwendung von Abbildungen von
shutterstock.com: © PixieMe, © Viktoriya Pavliuk, © TTphoto
Lektorat: Katrin Gönnewig
Satz: dp DIGITAL PUBLISHERS GmbH
Druck und Bindung: Books on Demand GmbH, Norderstedt

ASTRID PFISTER

Wie ein Leben ohne dich

ROMAN

Erstausgabe November 2022

Copyright © 2022 dp Verlag, ein Imprint der
dp DIGITAL PUBLISHERS GmbH
Made in Stuttgart with ♥
Alle Rechte vorbehalten

Wie ein Leben ohne dich

ISBN 978-3-98778-037-0
E-Book-ISBN 978-3-98778-031-8

Covergestaltung: ARTC.ore Design
Umschlaggestaltung: ARTC.ore Design
Unter Verwendung von Abbildungen von
shutterstock.com: © PixieMe, © Viktoriya Pavliuk, © TTphoto
Lektorat: Katrin Gönnewig
Satz: dp DIGITAL PUBLISHERS GmbH
Druck und Bindung: Books on Demand GmbH, Norderstedt

CHARLOTTE

„Nehmen Sie sofort diesen bescheuerten Mistelzweig wieder von meiner Tür!“, rief der Mann mit lauter und erzürnter Stimme.

Charlotte stieß ein leises Seufzen aus, während sie sich langsam der Tür näherte, aus der das Geschrei kam.

„Und wagen Sie es ja nicht, auch nur eine Christbaumkugel oder einen Tannenzweig in meinem Zimmer zu drapieren. Wie oft soll ich noch sagen, dass ich Weihnachten wie die Pest hasse? Kann man sich das denn so schwer merken?“, schimpfte der Mann weiter, während sie eintrat.

„Guten Morgen, Adrianne, dieses Zimmer bitte nicht dekorieren, es ist Mr Woolseys ausdrücklicher Wunsch. Wir haben das sogar in seiner Akte vermerkt.“

„Entschuldigung, das wusste ich nicht“, entgegnete die junge Frau verunsichert und beeilte sich, alle Weihnachtssachen wieder in einen Karton zu packen.

„Adrianne ist noch neu bei uns und hatte Ihre Akte nicht gelesen, Mr Woolsey, sie wird sofort alles mitnehmen“, sagte Charlotte zu dem alten Mann, der immer noch aussah, als wollte er der armen Adrianne den Kopf abreißen.

Während die junge Pflegerin eilig den Raum verließ, seufzte Charlotte innerlich abermals auf. Sie konnte sich wirklich Schöneres vorstellen, als direkt am

Morgen mit so einem Spezialfall wie Mr Woolsey zu tun zu haben. Eigentlich bemühte sich das Altenheim, das sich gerne Seniorenresidenz nannte, um einen familiären und lockeren Umgang, dazu gehörte auch, dass die Bewohner die Pflegerinnen alle mit Vornamen ansprachen. Aber Mr Woolsey war knurrig, unfreundlich und siezte jede der Schwestern bis heute, und das, obwohl er mittlerweile schon dreieinhalb Jahre hier lebte. Er schien auch vorher schon kein besonderer Menschenfreund gewesen zu sein, denn in all der Zeit war ihn nie jemand besuchen gekommen, weder von der Familie noch von Freunden.

Sie hatte im Laufe der Zeit schon viele verbitterte ältere Menschen kennengelernt, aber bei Mr Woolsey hatte sie das Gefühl, dass er auch früher nicht anders gewesen war.

Gerade zur Weihnachtszeit war er ganz besonders unerträglich, als würde ihn all die gute Laune und friedliche Atmosphäre um ihn herum noch verdrießlicher machen. Sie wusste, dass er bei den anderen Pflegerinnen längst den Spitznamen „Scrooge" weghatte und sie ihm gerne auf seine knurrigen Antworten ein „Humbug" entgegneten. Wohlweislich aber so leise, dass er es nicht hörte.

Da sie ihn vom ersten Tag an mit ausgesuchter Höflichkeit und Respekt behandelte, war er zu ihr noch mit Abstand am freundlichsten und sie drang wenigstens hin und wieder zu ihm durch, aber „freundlich" war für ihn ein relativer Begriff. Deshalb verbrachte sie die Morgenstunden doch lieber mit den netteren Patienten.

„Es tut mir leid, Mr Woolsey, es wird nicht wieder vorkommen. Ich werde die anderen Pflegerinnen noch einmal ausdrücklich darauf hinweisen“, meinte sie zu ihm.

„Und nicht nur das ganze Weihnachtszeug im Zimmer, ich will auch nicht zum Weihnachtsbasteln, Plätzchenbacken, Liedersingen oder sonst einen Schwachsinn eingeladen werden“, schnappte er.

„Natürlich, ich werde all das noch einmal betonen.“

Ein wenig besänftigt lehnte sich der alte Mann in seinem Sessel zurück, in dem er immer nach dem Frühstück saß, und starrte aus dem Fenster.

Sie hatte keine Ahnung, warum der alte Mann Weihnachten so sehr hasste, und sie hatte es aufgegeben, ihn danach zu fragen. In den ersten zwei Jahren hatte sie herausfinden wollen, welcher Grund dahintersteckte und mit den anderen Pflegerinnen versucht ihm Weihnachten und all die schönen Dinge, die dazugehörten, schmackhaft zu machen, aber er hatte sich jedes Mal so aufgeregt, dass sie fast einen Arzt rufen mussten. Deshalb hatte sie irgendwann beschlossen, das Thema einfach nicht mehr anzusprechen. All die anderen Feiertage mochte er sehr gerne, egal ob es Ostern, Thanksgiving oder der Unabhängigkeitstag war. Ihr war klar, dass es irgendeinen Grund dafür geben musste, aber solange Mr Woolsey nicht darüber sprechen wollte, musste sie das akzeptieren.

Nachdem sie sich noch ein paar Minuten mit ihm unterhalten hatte, verabschiedete sie sich von ihm, um nach den anderen Patienten zu sehen. Aber als Allererstes machte sie einen Abstecher in den Aufenthaltsraum und schenkte sich einen großen Becher Kaffee ein.

Ohne Kaffee war morgens nichts mit ihr anzufangen, besonders nicht, wenn sie so eine nette Begrüßung wie von Mr Woolsey erwartete. Danny und sie hatten sich heute Morgen schon wieder in die Haare gekriegt, und ehe sie sichs versah, musste sie los und hatte keine Zeit mehr für ihren Morgenkaffee. Sie nahm seufzend einen Schluck und hing ihren Gedanken nach.

So hatte Charlotte sich ihr Leben wirklich nicht vorgestellt. Sie war jetzt Mitte dreißig, hatte einen Job, den sie eigentlich nie hatte ausüben wollen, und wenn sie nach einem stressigen Tag nach Hause kam, wartete da ein Mann, mit dem sie sich in letzter Zeit nur noch in den Haaren lag. Dabei hatte sie einmal große Pläne gehabt, hatte studieren und anschließend Schriftstellerin werden wollen.

Was war nur passiert?

Das Leben war passiert! Rechnungen mussten bezahlt werden, der Alltag war in ihre Beziehung eingekehrt, und auf einmal, waren all ihre Träume nur noch das gewesen: Träume!

Ihre Mutter hatte ihr damals über eine Bekannte einen Job in diesem Pflegeheim vermittelt und sie hatte ihn übergangsweise angenommen, nur so lange, bis sie ihren ersten erfolgreichen Roman geschrieben hätte. Aber dann stellte sie schnell fest, dass der Stress auf der Arbeit zu groß war, um abends noch die Energie aufzubringen, daran zu schreiben. Sie fing an zu arbeiten und schwor sich jeden Abend und am Wochenende, weiter daran zu arbeiten und wenn es nur eine Seite pro Tag war, Hauptsache sie schrieb und der Roman wuchs. Aber schon nach kurzer Zeit fand sie immer neue Ausreden, warum keine Zeit mehr zu schreiben blieb ... eine Geburtstagsfeier, ein wichtiger Anruf, ein neues spannendes Buch oder einfach nur ein Film, bei dem sie schon nach der Hälfte einschlief.

Und nun war sie schon fast zehn Jahre in dem Heim, hatte mittlerweile eine Altenpflegeausbildung abgeschlossen und der Roman kam ihr so gut wie gar nicht mehr in den Sinn, es kam ihr vor wie der Traum einer anderen.

Aber dann hatte sie Mrs St. Claire, eine alte Dame aus dem Nebengebäude, auf eine Idee gebracht, wie sie Arbeit und Roman miteinander verweben könnte. Anders, als viele der Pflegerinnen hier, die nur gestresst ihr Pensum abarbeiteten, wollte Charlotte sich wirklich um die Bewohner kümmern. Auch wenn es nie ihr Traumberuf gewesen war, waren ihr die alten Leute ans Herz gewachsen. Viele von ihnen hatten keinen Ehepartner mehr, die Freunde waren gestorben und die Kinder und Enkel ließen sich nur noch selten blicken, um ihren Pflichtbesuch zu absolvieren. Charlotte fand das unglaublich traurig, und deshalb war es ihr wichtig, sich wenigstens ein wenig mit jedem Patienten zu unterhalten, nachdem sie ihn versorgt hatte. Manchmal waren es nur zehn Minuten, die ihr blieben, bis sie zum nächsten Bewohner musste, aber sie hatte das Gefühl, dass den alten Leuten die Zeit, die sie sich für sie nahm, unglaublich wichtig war und dass ihr Besuch traurigerweise der Höhepunkt des Tages für sie darstellte.

Sie konnte beim besten Willen nicht verstehen, warum so viele Pflegerinnen genervt waren, wenn die alten Leute mit ihnen plauderten, denn sie genoss die Zeit, wenn sie ehrlich war, genauso wie ihre Bewohner.

Ihre Kolleginnen würden den Mund nicht mehr zukriegen, wenn sie wüssten, was für schillernde und besondere Persönlichkeiten die zerbrechlichen, von Falten überzogenen und auf Gehhilfen angewiesenen Personen einst gewesen waren.

Zirkusartisten, Filmschauspieler, Kriegshelden, es schien wirklich alles vertreten zu sein, aber für ihre Kollegen zählte nur die alte Hülle und automatisch gingen sie davon aus, dass ein ebenso alter Geist in diesen Körpern steckte.

Aber genau diese Gespräche hatten sie dazu gebracht, wieder ein Buch zu schreiben. Es sollte ein Buch über die Liebe werden. Über die Unvergänglichkeit, darüber, dass die Liebe das Einzige war, das auch nach unzähligen Lebensjahren noch so in der Erinnerung der Menschen verankert war, als wäre es erst gestern geschehen.

Angefangen hatte alles mit Mrs St. Claire, die ihr einen winzigen Einblick in ihr Leben und in die Liebe gewährt hatte. Sie hatte bisher nur eine Zusammenfassung von ihr gehört, aber das hatte ausgereicht, um sie nachts nicht mehr schlafen zu lassen, weil die Idee des Romans sie immer mehr beflügelte.

Sie hatte gedacht, dass sie diesen Roman schreiben wollte, um die Erinnerungen der alten Leute nicht in Vergessenheit geraten zu lassen und um der jüngeren Generation zu zeigen, dass diese unscheinbaren Senioren oft zwei oder mehr aufregende Leben gleichzeitig geführt hatten. Aber wenn sie tief in sich hineinhorchte, dann wollte sie das Buch auch für sich selbst schreiben. Nicht um berühmt zu werden; von diesem Gedanken hatte sie sich schon lange verabschiedet, nein, sie wollte etwas über die große Liebe erfahren. Ob es sie wirklich gab, wie es sich anfühlte, und ob man auch mehrmals im Leben die große Liebe finden konnte.

Ihre Beziehung mit Danny war so trist und alltäglich geworden, dass sie sich einfach nach dem Ritter auf dem weißen Pferd sehnte. Sie wollte erfahren, ob er nur eine Märchengestalt war oder ob er diesen alten Leuten im Laufe ihres langen Lebens tatsächlich begegnet war.

Am Anfang war sie sich komisch vorgekommen, den Bewohnern von ihrer Idee zu erzählen und zu fragen, ob sie bereit wären, aus ihrem Leben zu erzählen, aber ihre Angst war vollkommen unbegründet gewesen. Sie waren begeistert von der Aussicht, ihre Lebensgeschichte zu erzählen, und davon, dass sie vielleicht sogar in einem Buch gedruckt wurde und ihr Leben so unsterblich gemacht werden würde.

Und so hatte sie angefangen, bei der Arbeit ein Notizbuch mit sich herumzutragen. Sie hatte mehrere Personen ausgesucht, und immer wenn sie mit der Versorgung der anderen Bewohner fertig war, setzte sie sich zum ihm und hörte ihm zu, wie er von seinem Leben erzählte. Manchmal, wenn Danny lange arbeiten musste, ging sie auch kurz nach Feierabend zu ihnen, trank einen Kaffee und lauschte den Geschichten.

Sie wusste noch nicht, wen sie in den Roman aufnahm, denn sie konnte nicht einschätzen, ob die Personen, die sie sich aussuchte, auch wirklich interessante Geschichten zu erzählen hatten. Sie würde einfach nach und nach die Bewohner fragen, sich ihre Lebensbeziehungsweise Liebesgeschichte anhören und dann entscheiden, welche es wert war, in das Buch aufgenommen zu werden.

Die Bewohnerin, die sie überhaupt erst auf die Idee des Buches gebracht hatte, schien allerdings perfekt geeignet zu sein, allerdings wusste Charlotte bisher so gut wie keine Einzelheiten, sondern hatte nur eine grobe Zusammenfassung. Aber diese reichte schon aus, um zu wissen, dass Mrs St. Claire ein erfülltes Liebesleben gehabt hatte.

AGNES ST. CLAIRE

Da sie heute personell recht gut besetzt waren, musste Charlotte nur drei Personen versorgen, bis sie zum Nachbarhaus hinübergehen konnte, in dem Mrs St. Claire untergebracht war. Während sie über den Kieselsteinpfad ging, rieb sie sich fröstelnd die Arme und wünschte sich, sie hätte sich trotz des kurzen Weges ihre dicke, gefütterte Jacke mit der Pelzkapuze übergezogen. Es war noch ungefähr ein Monat Zeit bis Weihnachten, aber schon jetzt überzog der Schnee das ganze Anwesen wie mit Puderzucker. Die Gehwege waren für das Personal und die Bewohner natürlich gestreut, aber die Rasenflächen, die kahlen Bäume, der große Springbrunnen mit den Bänken ringsherum, waren von einem wunderschönen Weiß überzogen, sodass das Pflegeheim von Weitem eher an ein verwunschenes Märchenschloss erinnerte. Charlotte liebte den Winter und Weihnachten war mit Abstand ihr allerliebster Feiertag und sie konnte sich nicht vorstellen, dass sie ihn einmal weniger lieben würde, wenn sie alt war, so wie Mr Woolsey es tat.

Sie beschleunigte ihre Schritte, bemühte sich dabei, nicht auszurutschen und stieß ein wohliges Seufzen aus, als sie die warme Empfangshalle des Nebengebäudes betrat. Dort schenkte sie Annie, die am Empfang saß, ein breites Lächeln und machte sich dann auf den Weg in den zweiten Stock zu ihrer heutigen Interviewpartnerin. Während sie den Korridor entlangging, strich sie sich ein paar Mal über ihre blonden Locken, die trotz der kurzen Strecke vom Schnee ein wenig feucht waren.

Als sie das Zimmer betrat, saß Mrs St. Claire schon in ihrem Sessel am Fenster, sodass Charlotte ihr genau gegenüber Platz nehmen und den kleinen Kaffeetisch als Schreibfläche benutzen konnte.

„Guten Morgen, Mrs St. Claire, ich hoffe, Sie haben gut geschlafen", sagte Charlotte, als sie den Stuhl zurechtrückte und sich setzte.

„Wie immer, meine Liebe. In meinem Alter ist das mit dem Schlafen nicht mehr so einfach. Der Körper scheint ihn nicht mehr so sehr zu brauchen, wissen Sie. Aber das hat den Vorteil, dass ich schon den ganzen Morgen in Erinnerungen schwelgen kann, um zu überlegen, wo ich am besten mit meiner Geschichte anfange."

Mrs St. Claire lächelte breit und Charlotte musste unwillkürlich zurücklächeln. Agnes St. Claire hatte eines dieser Lächeln, die sich über das ganze Gesicht ausbreiteten und bei denen auch die Augen wie zwei Diamanten strahlten. Egal wie niedergeschlagen man war, Mrs St. Claire schaffte es mit einem einfachen Lächeln, dass die Welt, die vorher grau und düster wirkte, plötzlich gar nicht mehr so hoffnungslos aussah.

„Wenn man plaudert, gehört auch ein anständiger Kaffee und Süßes dazu, finden Sie nicht auch, Charlotte?", meinte Agnes St. Claire und schob Charlotte eine Thermoskanne und einen Becher hin, während sie nach einem Plätzchen griff und genüsslich kaute.

„Sie sind ein Geschenk des Himmels, wissen Sie das?",
entgegnete Charlotte. „Aber wo haben Sie denn die
Thermoskanne her?"

„Meine Schwiegertochter war so lieb, sie mir vor Kurzem mitzubringen und ich habe so meine Beziehungen,
wie ich sie morgens auffüllen lassen kann, damit ich
auch zwischendurch mal einen schönen Kaffee trinken
kann", antwortete Agnes und zwinkerte ihr verschwörerisch zu.

Charlotte griff nach der Thermoskanne, goss sich einen Becher voll ein und schloss dann die immer noch
klammen Finger um die warme Tasse. Dann nahm sie
genüsslich einen großen Schluck des heißen Getränks
und merkte augenblicklich, wie sich eine wohlige
Wärme in ihr ausbreitete.

Nun öffnete sie ihr Notizbuch, griff zum Stift und ermunterte Mrs St. Claire zum Erzählen.

„Haben Sie einen bestimmten Wunsch, ab wann ich
erzähle, oder gibt es etwas, das Sie besonders interessiert, für Ihr Buch?", fragte die alte Dame schüchtern.
„Ich will Sie ja nicht langweilen."

„Das tun Sie bestimmt nicht, Agnes. Erzählen Sie die
Geschichte bitte genau so, wie Sie es möchten, und von
dem, was Ihnen wichtig erscheint."

„Na gut", sagte Agnes lächelnd, goss sich ebenfalls
eine Tasse Kaffee ein und umklammerte den Becher,
als brauchte sie etwas, an dem sie sich festhalten
konnte.

Während sie aus dem Fenster schaute und ihre Gedanken zu ordnen versuchte, betrachtete Charlotte sie
eingehend. Auf den ersten Blick unterschied sich Agnes
St. Claire nicht von vielen anderen älteren Damen, die

sie im Pflegeheim betreute. Agnes war klein und so dünn, dass sie unglaublich zerbrechlich wirkte. Zusammen mit ihrer feinen durchscheinenden Haut wirkte sie fast wie eine Elfe. Das Alter hatte mithilfe unzähliger Fältchen und Runzeln eine Landkarte ihres Lebens in ihr Gesicht gezeichnet, und wenn sie ging, tat sie es mit den kleinen, vorsichtigen Schritten, die vielen älteren Leuten eigen sind, aber all das verblasste, wenn man Agnes in die Augen sah und sie reden hörte. Agnes hatte unglaubliche blaue Augen, die an einen kalten, funkelnden Bergsee oder an Saphire erinnerten. Wenn man hineinsah, gerade wenn diese von einem Lächeln erfüllt waren, dann hatte man das Gefühl, in das Gesicht eines jungen lebenssprühenden Mädchens zu blicken. Auch Agnes' Stimme war unbeschreiblich. Sie war ungemein kräftig, aber sie war gleichzeitig auch weich und voller Wärme. Wenn man ihr lauschte, kam man sich vor, als würde man an einem warmen Kamin sitzen.

Agnes St. Claire räusperte sich und riss Charlotte aus ihren Beobachtungen. „Ich hatte überlegt, dass ich meine Geschichte damit anfange, dass ich Ihnen von unserem ersten Treffen erzähle, aber dann habe ich mich dagegen entschieden, denn unser Abenteuer hat eigentlich schon viel früher begonnen, auch wenn meine große Liebe es noch nicht wusste. Er dachte immer, wir hätten uns dort kennengelernt, aber in Wirklichkeit hatte ich ihn schon ein halbes Jahr zuvor gesehen.

Es war gerade Jahrmarkt in der Stadt und ich freute mich schon die ganze Woche darauf. Ich hatte eine kleine Ewigkeit all mein Geld gespart, um zusammen mit meinen Freundinnen dort hinzufahren. Ich liebte einfach alles am Jahrmarkt. Den wunderbaren Geruch nach kandierten Äpfeln, Zuckerwatte und Hotdogs, die Karussells, Losbuden und natürlich das Riesenrad. Der drohende Krieg lastete schon schwer auf uns allen und schwebte wie eine düstere Wolke über uns. Man hatte schon fast ein schlechtes Gewissen, wenn man lachte oder fröhlich war. Aber auf diesem Jahrmarkt war alles unverändert, er sah genauso aus wie jedes Jahr und alle Menschen lachten und genossen die Unbeschwertheit. An diesem Abend dachte ich nicht an den Krieg oder daran, wie meine Zukunft aussehen würde. Ich warf all diesen Ballast von mir und genoss diese unvergesslichen Stunden. Ich aß einen Hotdog, als Nachtisch einen kandierten Apfel, teilte mir mit meiner Freundin einen wunderbar cremigen Milchshake und wir fuhren auf den Karussells, bis uns ganz schwindelig war.

Dann machten wir uns auf den Weg zur Schießbude. Eigentlich nur, um zuzuschauen, denn keine von uns traute sich zu, die Wand statt des Verkäufers zu treffen.

Und dann sah ich ihn! Ich will nicht lügen, deshalb gebe ich zu, dass er mir zuerst wegen seines tollen Äußeren aufgefallen war, auch meine Freundinnen hatten ihn bemerkt, tuschelten und kicherten aufgeregt. Er sah wirklich umwerfend aus, seine Haare waren so schön, dass ich augenblicklich das Verlangen verspürte, mit meinen Händen hindurchzufahren, und er hatte unglaublich intensive braune Augen. Er trug eigentlich gar nichts Besonderes, nur ein einfaches Hemd und eine Hose mit Hosenträgern, dazu eine der Mützen, die damals modern gewesen sind, aber alles an ihm strahlte für mich etwas Besonderes aus.

Ich weiß, es klingt albern, gerade für so ein altes Weib wie mich, aber es war Liebe auf den ersten Blick. Sobald ich ihn gesehen hatte, vergaß ich alles um mich herum, die Stimmen meiner Freundinnen schienen plötzlich wie aus weiter Ferne zu kommen und mein Herz raste, als wäre ich gerade Hunderte Meter gerannt.

Ich merkte, wie meine Wangen heiß und rot wurden und meine Hände anfingen, zu schwitzen und zu zittern.

Ich stand wie angewurzelt mitten auf dem Platz und konnte nichts tun, als ihn anzustarren.

Meine Freundinnen wollten sich noch ein Eis holen, aber als sie mich weiterziehen wollten, sagte ich ihnen, dass ich gleich nachkommen würde. Sie lachten und machten sich über mich lustig, aber ich konnte meinen Blick einfach nicht von diesem Jungen abwenden. Es ging nicht!

Er war wirklich ausgesprochen talentiert, was das Schießen anging, und er gewann einen der Hauptpreise, einen riesengroßen Teddybären. Er freute sich ausgelassen wie ein kleiner Junge darüber und nahm den Preis freudig entgegen.

Dann wandte er sich ab und winkte rechts von mir in die Menge. Ich vermutete, dass dort seine Freunde auf ihn warteten ... Oder ein Mädchen, dem er diesen Teddybären schenken würde? Ich merkte, wie mich ein Stich der Eifersucht durchfuhr, und schüttelte den Kopf über meine Verrücktheit. Ich kannte den Jungen überhaupt nicht, wie konnte ich da eifersüchtig sein?

Er drehte sich von der Losbude weg und wieder konnte ich einen Blick in diese unglaublichen Augen erhaschen, dann bahnte er sich einen Weg durch die Menge.

Als er ein Stück weit gegangen war, erblickte ich einen Vater, mit einem kleinen Mädchen, das mit offenem Mund und sehnsüchtig den riesengroßen Teddybären anstarrte. Sie zog an der Hand ihres Vaters und deutete begeistert darauf. Da beugte sich der Junge zu dem Mädchen hinunter, schenkte ihr ein warmes Lächeln und drückte ihr den Teddybären, der fast so groß war wie sie selbst, in die Arme und streichelte ihr sanft über den Kopf.

Als er das fassungslose und strahlende Gesicht des Kindes sah, lachte er aus vollem Hals und verschwand plötzlich in der Menge.

Dies war der Moment, in dem ich nicht nur ein Kribbeln bei seinem Anblick erlebte, sondern mein Herz von einer unglaublichen Liebe überflutet wurde. Diesen Jungen, der so selbstlos ein kleines Mädchen glücklich machte, musste man einfach lieben, er war etwas ganz Besonderes und er weckte Gefühle in mir wie noch nie jemand in meinem siebzehnjährigen Leben zuvor.

Endlich überwand ich meine Schockstarre und eilte ihm hinterher, doch sosehr ich auch suchte, er blieb in der Menge verschwunden. Als ich später mit meinen Freundinnen über ihn sprach, stimmten alle zu, dass er wirklich unglaublich süß gewesen war, aber bei keiner hatte er solche Gefühle erzeugt wie bei mir. In der Nacht nach dem Jahrmarktsbesuch träumte ich sogar von ihm und seinen einzigartigen karamellbraunen Augen. Es ist mir peinlich und bis heute habe ich es nie jemandem erzählt, aber an den darauffolgenden drei

Tagen, an denen der Jahrmarkt noch in unserer Stadt war, ging ich jeden Nachmittag dorthin und durchstreifte stundenlang die Gänge und die Schießbuden auf der Suche nach ihm. Ich konnte mir einfach nicht vorstellen, dass dies schon alles gewesen sein sollte, ich wollte wenigstens einmal seine Stimme hören und seinen Blick auf mir spüren. Ich zweifelte an dem Schicksal und vergrub mich, nachdem der Jahrmarkt abgereist war, nur noch in meinem Zimmer. Meine Freundinnen fanden mein Verhalten verrückt und konnten es beim besten Willen nicht nachvollziehen.

Ständig versuchten sie mich aufzuheitern, nahmen mich ins Kino oder zu anderen Veranstaltungen mit, aber ich hatte keine Freude mehr daran, blieb still und wartete darauf, wieder nach Hause zu kommen und von ihm zu träumen.

Aber dann, auf einer Veranstaltung, sah ich ihn plötzlich wieder. Ich hatte das Gefühl gleichzeitig in Ohnmacht zu fallen und einen Herzinfarkt zu bekommen, weil mein Herz so raste. Meine Beine gaben unter mir nach, aber zum Glück stand in der Nähe ein Stuhl, auf den ich mich im letzten Moment sinken lassen konnte.

Aber dort blieb ich nicht lange, denn noch einmal wollte ich diesen Jungen nicht verlieren.

Lange Rede, kurzer Sinn, es funkte unglaublich zwischen uns und auch er musste wohl gespürt haben, dass das zwischen uns etwas ganz Besonderes war. Ich war vorher eigentlich nie ein besonders rührseliger und romantischer Mensch gewesen und hatte mich über meine Freundinnen lustig gemacht, aber nun war ich diejenige, die plötzlich auf rosa Wolken schwebte und von großer Liebe und Seelenverwandtschaft sprach. In den folgenden Monaten waren wir unzertrennlich und verbrachten jede freie Minute miteinander. Und je mehr Zeit wir miteinander verbrachten, desto klarer wurde mir, dass ich mit diesem Jungen mein ganzes Leben verbringen wollte. Nichts war mir jemals so wichtig gewesen, nichts in meinem Leben hatte ich jemals so sehr geliebt.

Ein halbes Jahr nachdem wir uns kennengelernt hatten, verlobten wir uns und nahmen uns vor, kurz danach zu heiraten.

Unser Glück war wirklich perfekt; wenn wir zusammen waren, fühlte es sich an, als wären wir eins, als hätten wir vorher als zwei unfertige Hälften gelebt, die nun endlich vereint waren, und im Gegensatz zu vielen anderen Beziehungen zu jener Zeit hatten wir beide den Segen von unseren Eltern. Meine Eltern vergötterten Fred förmlich und sie freuten sich für uns, und bei seinen Eltern fühlte ich mich schon beim ersten Besuch wie zu Hause.

Unsere Liebe war wirklich wie ein Traum, doch eines Tages zerplatzte dieser Traum auf grausamste Weise.

Es war letztendlich nur ein Blatt Papier, das unsere Liebe für immer zerstörte: der Einberufungsbefehl in die Army. Mein Fred musste in den Krieg ziehen!

Wir waren nicht dumm gewesen, der Krieg rückte immer näher, immer mehr Männer mussten weg, aber für uns war das alles bis dahin nicht real gewesen ... so als ob unsere große Liebe ausreichen würde, damit Fred den Dienst nicht antreten musste.

Wir weinten, wir stritten uns zum ersten Mal im Leben, weil wir uns so hilflos fühlten und wir klammerten uns in der kurzen darauffolgenden Zeit wie zwei Ertrinkende aneinander.

Und dann, in der allerletzten Nacht, die uns blieb, trafen wir uns und liebten uns zum allerersten Mal. Die Sterne schienen auf uns herab und das Gras war noch warm von der Hitze des Tages. Wir hatten eigentlich bis zur Hochzeit damit warten wollen, doch jetzt wussten wir plötzlich nicht mehr, ob diese Hochzeit je stattfinden würde.

Würde Fred zu mir zurückkehren?

Unsere Liebesnacht glich unserem Gefühlsleben in dieser schwierigen Zeit. Erst war sie sanft und zärtlich, wie der Flügelschlag eines Schmetterlings, aber dann erwachte die Hitze und schien uns plötzlich zu verzehren. Wir versuchten uns durch diese Nacht alles zu geben, was wir uns vielleicht nie wieder würden sagen können.

Als ich mich am nächsten Morgen am Bahnhof von meiner großen Liebe verabschiedete, versprach er mir, dass er mir, sooft es ging, schreiben würde und ich drohte ihm, dass ich furchtbar böse auf ihn werden würde, wenn er es zuließ, dass er nicht wieder wohlbehalten zu mir zurückkehrte.

Als der Zug mit all den neuen frischgebackenen Soldaten schließlich außer Sichtweite war, brach ich mitten auf dem Bahnsteig zusammen. Ich sank auf die Knie und weinte um mein Lebensglück, das mir dieser furchtbare Krieg für immer genommen hatte. Denn selbst wenn ein Wunder geschah und Fred lebendig und sogar unverletzt zu mir zurückkehrte, wusste ich, dass er nicht mehr der Junge sein würde, in den ich mich verliebt hatte. Ich fürchtete, nein, ich wusste, dass dieser Krieg ihm sein Lachen und sein vor Liebe und Güte überfließendes Herz für immer rauben würde. Und es gab nichts, was ich dagegen tun konnte.

Fred hielt Wort, er schrieb mir wirklich, sooft er konnte, und ich spürte aus jedem seiner Briefe die Liebe, die er mir gegenüber empfand. Wenn ich ihm schrieb, versuchte ich stets fröhlich und optimistisch zu wirken, denn ich wollte stark für ihn sein. Ich sandte ihm Fotos von mir mit, damit er mein Gesicht nicht vergaß, getrocknete Blumen, damit er den Geruch von zu Hause in der Ferne roch. Und ich versicherte ihm in jedem Brief, wie unendlich ich ihn liebte und dass ich auf ihn warten würde.

Aber je länger der Krieg dauerte, desto mehr veränderten sich Freds Briefe. Sie wurden kürzer, bitterer und schon längst handelten sie nur vom Schrecken des Krieges. Er schilderte mir immer öfter, welche Kameraden er im Gefecht verloren hatte, wer schwer verwundet war und wie sehr er diesen Krieg hasste.

Es brach mir das Herz, dass er so litt und ich nicht da war, um ihm beizustehen. Was konnten meine Briefe schon groß bewirken, bei den Grausamkeiten, die er erlebte?

Und dann eines Tages passierte das, wovor ich mich immer schon am meisten gefürchtet hatte: Seine Briefe blieben aus.

Der Krieg war nun überall zu spüren und zuerst vermutete ich nur, dass er im Gefecht war, einfach keine Zeit zum Schreiben blieb oder sie zu einem neuen Standort hatten aufbrechen müssen, aber je mehr Zeit verging, desto mehr umklammerte die Angst mein Herz.

Was war passiert? War er tot oder schwer verwundet? Kaum zum Atmen fähig, wartete ich darauf, dass Soldaten bei uns schellten, um mir die schreckliche Nachricht zu überbringen, oder dass ich einen Brief oder einen Anruf von der Army oder seinen Eltern erhielt. Ich verließ das Haus nicht mehr, aus Angst, eine Nachricht von ihm zu verpassen, ich konnte nicht mehr essen, nicht mehr schlafen, ich konnte nur an Fred denken ... meine große Liebe, den anderen Teil meiner selbst. Wäre er tot, dann könnte ich nie wieder ein Ganzes sein.

Aber als keine Todes- oder Verwundeten-Nachricht eintraf, nahm eine Erkenntnis in meinem Kopf Gestalt an. Vielleicht ging es gar nicht darum, dass er nicht mehr schreiben *konnte*, sondern, dass er es nicht mehr *wollte*!

Vielleicht hatten der Krieg und die Entfernung unsere große Liebe zerstört, vielleicht war er durch die Schrecken, die er erlebt hatte, nicht mehr fähig, Liebe zu empfinden.

Ich schrieb ihm noch lange, aber ich bekam auf keinen meiner Briefe eine Antwort. In den folgenden Wochen wuchs in mir die Überzeugung, dass meine Liebe zu ihm einfach stärker und größer gewesen war als seine zu mir. Vielleicht hatte er in irgendeiner Stadt ein Mädchen kennengelernt und sich Hals über Kopf in sie verliebt, so wie es ihm einst mit mir ergangen war.

Meine Gefühle fuhren Achterbahn: An dem einen Tag liebte ich ihn und vermisste ihn so sehr, dass es mir körperlich wehtat, aber am nächsten Tag hasste ich ihn dafür, dass er unsere einzigartige, wunderbare Liebe einfach so weggeworfen hatte. Und dass er nicht Manns genug gewesen war, mir dies zu schreiben, damit ich aufhören konnte, in Ungewissheit zu leben, und versuchen konnte, ein neues Leben ohne ihn zu beginnen.

Und zwischendurch nagte doch der Zweifel an mir: Was, wenn ich ihm unrecht tat? Wenn er schwer verletzt oder gar getötet worden war. Diese Ungewissheit brachte mich schier um den Verstand und meine Eltern litten mit mir, da es nichts gab, was sie für mich tun konnten.

Ein paar Wochen später hatte der Krieg auch unsere Stadt erreicht und meine Eltern entschlossen sich dazu, alles zurückzulassen und nur mit dem Nötigsten zu weit entfernten Verwandten auf das Land zu flüchten.

Eigentlich hätte es mich schmerzen müssen, mein Elternhaus zu verlassen, aber so wie ich mich fühlte, wusste ich, dass ein Neuanfang genau das war, was ich brauchte.

Eine neue Umgebung, neue Freunde, nichts, was mich mehr an meine große Liebe erinnern würde.

In den ersten Monaten nach dem Umzug war meine Gesellschaft keine große Freude, ich war verbittert und zynisch geworden und vermutete hinter jeder netten Geste gleich einen Verrat. Aber die fast gleichaltrigen Töchter meiner Verwandten gaben nicht auf und nahmen mich überallhin mit, damit ich ihre Freunde kennenlernte und aus dem Haus kam.

Bei einem Kinobesuch lernte ich dann schließlich Noah kennen. Er war das genaue Gegenteil von Fred. Noah war ein stiller, nachdenklicher junger Mann, der nie viel sagte. Er warb schüchtern und liebevoll um mich, aber ich machte ihm das Leben am Anfang ganz schön schwer. Ich war einfach zu verletzt und der

Meinung, nie wieder einen Menschen lieben zu können. Aber Noah gab nicht auf und mit der Zeit wurden auch meine Gefühle für ihn unmerklich stärker. Es war nicht so wie bei meiner ersten großen Liebe. Diese war wie ein all verzehrendes Feuer gewesen, das mich in dem Moment, als ich Fred zum ersten Mal sah, in Brand steckte. Als ich im ersten Augenblick gespürt hatte, dass er mein Seelenpartner war.

Bei Noah ging das Ganze langsamer, fast schleichend vonstatten. Er war stets für mich da, sorgte sich um mich und hörte mir zu. Irgendwann empfand ich Zuneigung zu ihm und noch ein wenig später fühlte ich mich in seiner Nähe wohl und geborgen. Wir beschlossen zu heiraten, und obwohl es nicht die große Liebe war und ich nicht diese allumfassende Leidenschaft für ihn empfand, führten wir eine sehr glückliche und ausgefüllte Ehe. Noah hat mir zwei wundervolle Kinder geschenkt und bis zu seinem Tod hat er mir jeden Wunsch von den Lippen abgelesen. Es kam so gut wie nie vor, dass er laut wurde, und er hat mich niemals geschlagen.

Er war ein guter Mann und ich bin Gott unglaublich dankbar für die Ehejahre, die er uns zusammen geschenkt hat.

Aber jetzt, da Noah schon so lange tot ist und ich hier in diesem Pflegeheim sitze, muss ich oft über mein Leben nachdenken.

Hatte ich zwei große Lieben in meinem Leben, die einfach nur anders waren, sich von ihrer Beschaffenheit komplett unterschiedlich anfühlten, oder war nur Fred meine einzige Liebe und die Liebe, die ich für Noah empfand, in Wirklichkeit nur Vertrautheit und Gewohnheit?

Außerdem frage ich mich, wie anders mein Leben verlaufen wäre, hätte mich Fred nicht verlassen. Hätte unsere Liebe auch so eine lange Zeit überdauert, hätten wir uns nach dreißig, vierzig Jahren immer noch so unglaublich geliebt, oder wäre der Alltag einkehrt und hätte unser beider überschäumendes Temperament zu Streitigkeiten geführt?

Hatte mich das Schicksal bestraft, indem es mir die Zukunft mit meiner großen Liebe wegnahm, oder hatte es mir etwas anderes geschenkt? Zwei große Lieben, eine Fülle an wunderbaren Erinnerungen und die Chance zwei ganz unterschiedliche Leben in einem einzigen führen und erleben zu dürfen?

Die meiste Zeit bin ich glücklich über das, was mir vom Leben geschenkt wurde, aber manchmal, wenn ich sehr einsam bin, dann gehen meine Gedanken zurück zu Fred und ich frage mich, was aus ihm geworden ist.

Lebt er noch, ist er glücklich verheiratet, so wie ich es gewesen war, oder hat er nach mir nie wieder die große Liebe erlebt? Direkt nachdem er mich verlassen hatte, war ich verbittert und habe ihm gewünscht, dass er sein Leben lang einsam ist und dass ihm dann klar wird, wie wertvoll und wie einzigartig unsere Liebe gewesen ist, die er so einfach weggeworfen hat. Aber jetzt … jetzt wünsche ich mir einfach nur, dass er glücklich geworden ist, dass er ein erfülltes und zufriedenes Leben gehabt hat. Denn tief in meinem Inneren und in meinem Herzen wohnt immer noch dieser Mann, der mich einst so glücklich gemacht hat, und ich wünsche ihm nur das Beste. Aber ich gebe zu, ich würde mich freuen, wenn auch er mich trotz der langen Zeit nicht vergessen hat, wenn auch ich in seinem Herzen noch einen kleinen Platz besitzen würde, sorgsam verwahrt, in einer Art inneren Schatztruhe, die er von Zeit zu Zeit öffnet und deren Innerstes betrachtet. Das würde ich mir wünschen." Mit diesen Worten schloss die alte Dame leise ihre Erzählungen ab und nahm einen großen Schluck des inzwischen längst kalt gewordenen Kaffees.

Charlotte blinzelte und fing so schnell sie konnte an, sich Notizen zu machen. Agnes' Geschichte hatte sie so in ihren Bann gezogen, dass sie sich wie ein Zuschauer in einem Liebesfilm vorgekommen war oder als hätte ihr jemand einen wunderschönen Liebesroman vorgelesen. Sie war so in die Geschichte eingetaucht, so von ihr gefangen genommen worden, dass sie ganz vergessen hatte, mitzuschreiben. Sie bedauerte es, dass sie keinen Digital-Rekorder hatte, auf dem sie alles aufnehmen konnte, denn Agnes' Erzählung war perfekt gewesen, so wie sie war, Wort für Wort. Sie wollte sie am liebsten genau so in ihrem Roman wiedergeben. Allerdings bezweifelte sie, dass es ihr gelingen würde, die Geschichte so lebendig zu erzählen, wie Agnes es getan hatte. Bei der Erzählung der alten Frau hatte sie das Gefühl gehabt, in die Vergangenheit zu reisen und all das selbst zu erleben. Sie hatte das Glück, die Freude und Liebe des jungen Paares empfunden, aber auch Agnes' Schmerz nach der Zerstörung ihrer großen Liebe. Außerdem die tiefe Zufriedenheit, die Agnes mit Noah als Ehefrau und Mutter erlebt hatte.

Und eins wurde Charlotte jetzt ebenfalls bewusst, während sie so schnell wie möglich Stichpunkte auf das Blatt schrieb, um ja nichts Wichtiges zu vergessen: wie langweilig und bedeutungslos ihr eigenes Leben dagegen war!

Wenn man sie vor einigen Jahren gefragt hätte, hätte sie ohne zu zögern gesagt, dass Danny ihre große Liebe war, aber jetzt? Jetzt war sie sich dessen gar nicht mehr so sicher und sie fragte sich, ob sie nicht vielleicht Verliebtheit mit Liebe verwechselt hatte. Denn solche Gefühle, wie Agnes St. Claire geschildert hatte, waren ihr fremd. Ihr Mann las ihr definitiv nicht jeden Wunsch von den Lippen ab und mit der großen Leidenschaft war es zwischen ihnen beiden auch nicht mehr weit her.

Nachdem sie die wichtigsten Fakten notiert hatte, wandte sie sich wieder an Mrs St. Claire: „Ich danke Ihnen sehr, dass Sie all diese Erinnerungen mit mir geteilt haben. Ich bin mir sicher, die Leser des Romans, werden Ihre Lebensgeschichte genauso spannend und rührend finden wie ich.“

Agnes legte den Keks, an dem sie geknabbert hatte, zur Seite und antwortete: „Ich danke Ihnen, denn Sie sind es, die mein Leben und meine beiden großen Lieben unsterblich macht. Ich freue mich, dass ich diese Erinnerungen mit anderen Menschen teilen kann, denn ich liebe jede einzelne davon.“

„Auch den Verlust Ihrer ersten großen Liebe? Obwohl er Ihnen so viel Schmerz und Kummer bereitet hat?“, fragte Charlotte verwundert.

„Ja, denn ich wollte keine dieser Erfahrungen und Erinnerungen missen. Natürlich hat es mir damals das

Herz zerrissen, aber die Alternative, *ihn* niemals kennengelernt zu haben und diese große, einzigartige Liebe niemals erleben zu dürfen, das wäre für mich nie vorstellbar gewesen. Sicherlich war es schmerzhaft, aber davor, war es die schönste Zeit meines Lebens. Es war ein unglaubliches Geschenk, das Gott mir gewährt hat und ich bin glücklich für jeden Moment, den ich mit ihm erleben durfte. Ohne den Schmerz in meinem Leben hätte es die Freude nicht gegeben. Also ja, ich liebe jede meiner Erfahrungen, denn sie haben mich zu der gemacht, die ich heute bin!"

Charlotte betrachtete die alte Frau fassungslos. Genau solche Menschen wie sie waren der Grund, warum sie sich dazu entschlossen hatte, einen Roman zu schreiben. Sie lebten still und leise im Pflegeheim, wirken unscheinbar und langweilig. Aber wenn man ihnen zuhörte, dann offenbarten sich manchmal, wie in Agnes' Fall, Liebesdramen, die jeden Film in den Schatten stellten, und Weisheiten, die auch vom Dalai-Lama stammen könnten.

Und anstatt man diesen Menschen zuhörte, von ihnen lernte oder sich einfach von ihren Geschichten gefangen nahm, schob man sie in Pflegeheime ab, kümmerte sich um ihre Grundbedürfnisse und sagte leichthin: „Ach, das ist doch nur eine alte Frau! Was soll ich mit der schon reden?"

Wie viele dieser Menschen hier hatten einst ein ereignisreiches, erfolgreiches und besonderes Leben geführt und waren nun hier, ohne Familie und Freunde und bekamen vielleicht allerhöchstens ein *Guten Morgen* und *Gute Nacht* zu hören.

Charlotte wusste, dass ihr kleiner Roman nicht die Welt verändern würde, aber für die alten Leute, deren Lebensgeschichte sie für immer verewigte, würde es ein großer Unterschied sein. Sie würden sich wertgeschätzt fühlen und ihre Geschichten würden die Leute vielleicht zum Nachdenken anregen.

Charlotte war so in Gedanken versunken gewesen, dass sie gar nicht bemerkt hatte, dass Agnes St. Claire aufgestanden war. Mit kleinen, vorsichtigen Schritten war sie zu einer Kommode gegangen und hatte ein kleines Kästchen aus Nussbaum geholt. Es war aufwendig mit Intarsien verziert, glänzte und verströmte einen sanften Zitronengeruch von einer Möbelpolitur.

Mit zittrigen Fingern öffnete Agnes das Kästchen und kramte eine Weile darin herum, bevor sie etwas hervorzog und es Charlotte über den Tisch entgegenstreckte.

„Hier ist noch etwas für Ihr Buch. Ich dachte, es würde für die Leser vielleicht noch interessanter sein, wenn sie sich die Figuren besser vorstellen können."

Als Charlotte die beiden Fotos betrachtete, verstand sie zunächst den Zusammenhang nicht, aber dann plötzlich dämmerte es ihr.

„Sind Sie das?", fragte sie erstaunt.

Agnes strahlte übers ganze Gesicht. „Ja, ich war schon ein heißer Feger, oder?", meinte sie augenzwinkernd.

„Sie waren wunderschön. Wie ein Filmstar", antwortete Charlotte sprachlos und sie meinte jedes Wort ernst.

„Auf dem linken Foto sehen Sie mich zusammen mit Fred, kurz bevor er in den Krieg ziehen musste und auf dem rechten befinde ich mich mit Noah im Restaurant an unserem ersten Hochzeitstag."

Charlotte betrachtete die beiden Fotos eingehender. Agnes war wirklich eine Schönheit gewesen, sie erinnerte an alte Leinwandstars wie Audrey Hepburn.

Und obwohl das Foto schon Jahrzehnte alt war, meinte Charlotte immer noch die Liebe und Wärme zu spüren, die Agnes auf diesen Fotos ausstrahlte.

Auch wenn die alte Dame ihr nicht gesagt hätte, auf welchem Foto welcher Mann war, hätte sie es instinktiv richtig erraten.

Fred wirkte lustig, abenteuerlich und draufgängerisch und sein Lächeln wirkte ansteckend, während Noah etwas Bodenständiges, Ruhiges ausstrahlte.

Hätte sie beide mit ein, zwei Wörtern beschrieben müssen, hätte sie gesagt: „Leidenschaft und Feuer gegen Geborgenheit und ein Zuhause."

Aber trotz ihrer ganz unterschiedlichen Charaktere hatten beide etwas gemeinsam, sie waren unglaublich attraktiv und sie schienen Agnes aus vollstem Herzen zu lieben. Beide hatten diese Körperhaltung und diese funkelnden Augen, die sagten: *Du gehörst zu mir!*

„Die dürfen Sie gerne für Ihr Buch haben, denn ich finde, erst Bilder machen die Geschichten richtig lebendig", sagte Agnes St. Claire.

„Ich danke Ihnen vielmals, Agnes, sowohl dafür, dass Sie Ihre wunderbare Geschichte mit mir geteilt haben, als auch für die Bilder", entgegnete Charlotte.

Vorsichtig schob sie die Bilder zwischen die Seiten ihres Notizbuchs, dann warf sie einen beiläufigen Blick auf ihre Uhr und sog erschrocken die Luft ein. „Sitze ich wirklich schon seit fast zwei Stunden hier?", fragte Charlotte entsetzt.

Agnes nickte breit grinsend.

„Oh mein Gott, die anderen Schwestern denken bestimmt, ich bin verschollen. Es tut mir leid, dass ich so überstürzt losmuss, aber ich war so von Ihrer Geschichte gefangen, dass ich gar nicht gemerkt habe, wie die Zeit verflogen ist."

„Ist nicht schlimm. Ich hatte einen sehr schönen Vormittag und ich freue mich, dass Sie so lange hiergeblieben sind, um sich die langatmigen Geschichten einer alten Dame anzuhören."

Charlotte schüttelte den Kopf und antwortete: „Ich hatte bestimmt mehr Spaß als Sie, glauben Sie mir. Ihre Lebensgeschichte ist etwas ganz Besonderes und sie bekommt einen Ehrenplatz in meinem Roman."

Dann verabschiedete sie sich von Agnes St. Claire und beeilte sich, wieder zurück zu der anderen Station zu kommen. Mittlerweile hatte es zu schneien aufgehört, sodass sie zwar durchgefroren, aber wenigstens nicht durchnässt war, als sie im anderen Gebäude ankam.

Zum Glück war heute Morgen relativ viel Personal da, sodass ihr Fehlen zwar bemerkt worden war, aber nicht dramatisch gestört hatte.

„Was hast du denn so lange im Saphirhaus gemacht? Hast du dich wieder festgequatscht?", fragte ihre Kollegin Ellen lächelnd.

Als Ellen den Namen des Hauses nannte, musste Charlotte sich mal wieder bemühen, nicht zusammenzuzucken. Irgendein Bürohengst war vor unzähligen Jahren darauf gekommen, die Gebäude mit wohlklingenden Namen zu belegen, da er der Meinung gewesen war „Haus 1,2,3" würde den Bewohnern zu klinisch klingen, aber Charlotte bezweifelte, dass diese Leute sich jetzt wohler fühlten, wenn sie in Edelsteinen wohnten. Da hätten sie sich doch gleich auf die Märchenwelt stürzen können ... *Das Pfefferkuchen-Haus, die Aschenputtel-Villa, die Dornröschen-Residenz.* Was wohl ihr hochgeschätzter Bewohner Mr Woolsey, sagen würde, wenn er in so einem Haus untergebracht wäre.

Charlotte biss sich auf die Lippe, aber so sehr sie sich auch bemühte, ernst zu bleiben, es ging nicht. Als Ellen sie auch noch vollkommen verwirrt und stirnrunzelnd ansah, war es um ihre Selbstbeherrschung ganz geschehen und sie bekam einen unglaublichen Lachanfall und konnte vor lauter Prusten nicht mehr sprechen.

„Na, das muss ja ein ganz besonderer Vormittag gewesen sein", meinte Ellen trocken und drehte sich um, um sich wieder um die Bewohner zu kümmern.

Das einzig Gute an diesem Lachanfall war, dass Charlotte so um die Beantwortung der Frage herumgekommen war, denn sie wollte bei ihren Kollegen nichts über ihr Buchprojekt verlauten lassen. Zumindest vorerst nichts. Das hatte mehrere Gründe: Sie würde die meisten Interviews innerhalb ihrer Arbeitszeit führen und sie hatte Angst, dass sie deswegen eine Abmahnung bekommen würde. Sie sagte sich, dass es eigentlich vollkommen egal war, ob sie einfach so mit ihren Patienten plauderte oder sich Notizen dazu machte, denn dies machte doch überhaupt keinen Unterschied für ihre Arbeitszeit. Aber sie wusste, dass ihre „Arbeitsweise" einigen Pflegerinnen ein Dorn im Auge war, denn diese wollten nur ihren Dienst nach Vorschrift absolvieren und sich nicht mehr als nötig mit den Patients auseinandersetzen. Sie konnten nicht verstehen, warum Charlotte sich immer wenigstens ein paar Minuten Zeit nahm, um sich nach dem Befinden der Patienten zu erkundigen, und mit ihnen zu reden. Und sie befürchtete, dass genau diese „Kollegen" sie bei der Heimleitung anschwärzen würden, sollten sie herausfinden, was Charlotte vorhatte.

CHARLOTTE

Nach der Arbeit fuhr sie nach Hause und stellte fest, dass Danny noch nicht da war. Wahrscheinlich traf er sich noch mit einem Freund auf einen Drink.

Auch das hatte sich im Laufe ihrer Beziehung geändert. Am Anfang hatte Danny jede freie Minute mit ihr verbringen wollen. Die Arbeit war ihm fast lästig gewesen und er hatte es kaum erwarten können, wieder zu ihr nach Hause zu kommen. Tagsüber hatte er ihr immer wieder mal kurze SMS geschickt, einfach nur, um Hallo zu sagen oder zu fragen, wie es ihr ging.

Und die Abende hatten ihnen gehört. Sie waren zusammen ins Kino oder essen gegangen, oder in eine Kneipe oder Disco. Und wenn sie beide zu geschafft waren, hatten sie sich einfach etwas Schönes gekocht und bei Kerzenlicht stundenlang miteinander geredet.

Mittlerweile ging Danny abends lieber mit seinen Kumpels weg, oder saß stundenlang vor dem Fernseher. Manchmal hatte sie das Gefühl, dass er so wenig Zeit wie möglich mit ihr verbringen wollte, obwohl sie sich sowieso schon so wenig sahen.

Aber heute war es ihr ganz recht, dass sie die ganze Wohnung für sich hatte, denn so konnte sie schon einmal anfangen, die Aufzeichnungen aus ihrem Notizbuch in den Computer einzutippen.

Eigentlich hatte sie vorgehabt, nur die reinen Fakten aufzuschreiben, aber dann wurde ihr bewusst, dass es viel sinnvoller wäre, schon mit dem eigentlichen

Roman anzufangen, solange sie die Geschichte noch so lebendig in ihrem Kopf hörte und sich an all die kleinen und doch wichtigen Einzelheiten erinnerte.

Also machte sie sich einen großen Becher ihres Lieblingstees – schwarzer Tee mit Zitronenaroma – und begann zu schreiben.

Anfangs war es ein komisches Gefühl, weil sie nicht wusste, wie sie beginnen sollte, und sie Angst hatte, dass sie das Schreiben verlernt hatte, weil sie schon so viele Jahre nichts mehr zu Papier gebracht hatte.

Aber dann geschah die Magie, die sie schon damals immer begleitet hatte – die Gedanken und Zweifel verschwanden und die Worte flossen einfach aus ihr heraus. Sie musste nur die Finger über die Tastatur gleiten lassen und sie schnell genug eintippen.

Plötzlich sah sie Agnes St. Claire vor sich und hörte ihre Geschichte so deutlich, als würde sie immer noch neben ihr sitzen.

Sie unterbrach ihr Schreiben nur einmal, um sich schnell einen neuen Tee und ein Gurkensandwich zu machen, und machte dann weiter.

Als sie den Computer nach zwei Stunden ausschaltete, fühlte sie sich so ausgelassen und glücklich, als hätte sie Sekt getrunken. Sie hatte die gesamte Geschichte von Mrs St. Claire und ihren zwei großen Lieben niedergeschrieben und war nun bereit, den nächsten Bewohner zu interviewen.

Als Danny endlich nach Hause kam, war es kurz vor Mitternacht und Charlotte lag bereits im Bett. An Schlaf war allerdings nicht zu denken, denn sie fühlte sich so aufgeregt und euphorisch wie schon seit Ewigkeiten nicht mehr.

Nachdem Danny sich ausgezogen und die Zähne geputzt hatte und zu ihr ins Bett geklettert war, umarmte sie ihn stürmisch und fing an zu erzählen: „Du glaubst gar nicht, was ich für einen wunderbaren Tag hatte. Ich habe heute die erste Dame für meinen Roman interviewt und es war eine wirklich unglaublich tolle Geschichte. Agnes St …" Danny drehte sich zu ihr um und unterbrach sie.

„Das freut mich, Schatz, aber ich bin unglaublich müde und ich muss morgen früh raus. Lass uns ein anderes Mal darüber reden, okay?", fragte Danny schläfrig.

„Wie du meinst", entgegnete Charlotte traurig. „Aber eine Sache muss ich dir unbedingt noch erzählen."

Aber Dannys lautstarkes Schnarchen machte ihr klar, dass dies zwecklos sein würde.

Früher hätte es ihn interessiert, zu erfahren, was ich Aufregendes erlebt habe, dachte sie niedergeschlagen, als sie ihr Gesicht im Kopfkissen vergrub, und versuchte ruhiger zu werden.

Mr Duquette und Francis

„Mr Duquette, erinnern Sie sich an unser Gespräch in der letzten Woche, bei dem ich Ihnen von meinem geplanten Buch erzählt und Sie gefragt habe, ob ich Ihnen ein paar Fragen stellen dürfte?"

„Im Gegensatz zu meinen Beinen, ist mein Gehirn noch so schnell wie früher", antwortete Mr Duquette augenzwinkernd.

Charlotte musste lachen und stellte wieder einmal fest, wie sympathisch sie ihn fand. Sie konnte gar nicht genau begründen warum, denn in den anderthalb Jahren, die er nun schon hier war, hatten sie eigentlich gar nicht so oft miteinander geredet. Er war eher ein stillerer Bewohner in diesem Heim. Aber es war eine andere Art Stille, als sie zum Beispiel Mr Woolsey ausstrahlte. Dieser wirkte immerzu grimmig und unnahbar, während Mr Duquette Freundlichkeit und innere Ruhe zu verströmen schien. Beim Mittagessen saß er niemals alleine am Tisch und egal welche Pflegerin man fragte, alle mochten den alten Mann. Obwohl er nicht oft redete, wirkte er doch stets zugänglich.

„Es geht darum, dass ich ein Buch über die Liebe schreiben möchte und deshalb verschiedene Bewohner über ihr Leben interviewe. Vor Kurzem habe ich von einer Schwester erfahren, dass Sie vor Ihrem Heimaufenthalt in Paris gelebt haben. *Die* Stadt der Liebe und da bin ich natürlich neugierig geworden. Haben Sie wegen eines Berufes dort gelebt, oder hatte es andere

Gründe? Und haben Sie dort etwas Romantisches erlebt?", fragte Charlotte.

„Meine Frau ist dort gestorben", entgegnete der alte
Mann schlicht.

Charlotte holte erschrocken Luft. „Oh, das tut mir
leid, das wusste ich nicht. Entschuldigen Sie, dass ich
Sie darauf angesprochen habe, ich ..."

„Wollen Sie die Geschichte nun hören oder nicht?",
unterbrach sie der alte Mann.

„Aber ich dachte, dass Paris eine traurige Erinnerung
für Sie ist ..."

Mr Duquette schüttelte den Kopf. „Die Zeit in Paris
war die schönste Zeit meines ganzen Lebens."

Charlotte schaute den alten Mann irritiert an und dieser konnte sich trotz des traurigen Themas ein Lächeln
nicht verkneifen.

„Ich weiß, wenn man das Ganze so aus dem Zusammenhang gerissen hört, klingt es reichlich seltsam. Ich
denke, es ist besser, wenn ich ein wenig aushole, damit
Sie verstehen können, was ich damit meine."

Charlotte nickte und holte aus der Tasche ihres Pflegeroberteils ihr Notizbuch und einen Stift hervor.

Der alte Mann wartete geduldig, bis Charlotte das
Buch aufgeklappt und sich bequem hingesetzt hatte.

„Meine Francis und ich waren fast vierzig Jahre verheiratet.

Als ich sie kennenlernte, war ich auf der Stelle hin
und weg von ihr und ich dachte mir, dass es kein schöneres Mädchen auf dem Planeten geben konnte als sie.
Ich umwarb sie mit all meinem Charme, aber sie
machte es mir nicht leicht. Sie ließ mich zappeln, weil
sie feststellen wollte, wie ernst es mir mit ihr war. Erst

nach Wochen ließ sie sich von mir zum ersten Mal ausführen. Aber das Warten hatte sich gelohnt, das kann ich Ihnen versichern. Francis war eine unglaubliche Frau. Sie war wunderschön, intelligent und unglaublich schlagfertig. Ich kann Ihnen sagen, sie hatte ein Temperament, dass es für mehrere gereicht hätte. Was haben wir uns im Laufe der Zeit gestritten. Da flogen statt Worte auch schon mal die Teller, aber die Versöhnung danach machte alles wieder wett.

Aber dann bekamen wir Kinder, wurden zu Eltern, später zu Großeltern, ich nahm einen zeitaufwendigen Beruf an und etwas geschah mit uns.

Obwohl wir immer noch zusammenlebten, lebten wir eher nebeneinanderher. Damals war uns das natürlich nicht bewusst, aber in Paris sagte meine Frau einmal zu mir: „Du hast mich angeschaut, aber du hast mich nicht mehr gesehen."

Ich wusste sofort, was sie meinte, denn es stimmte. Im Laufe der Jahre waren wir selbstverständlich füreinander geworden. Am Anfang, als ich sie für mich gewinnen wollte, als sie sich in mich verlieben sollte, da habe ich sie umgarnt, mich von meiner allerbesten Seite gezeigt und versucht ihr jeden Wunsch von den Augen abzulesen. Wenn wir etwas unternommen haben, wenn wir essen gingen, war mein Wunsch immer, sie glücklich zu machen. Mir war egal, was wir taten, Hauptsache ich tat es mit ihr.

Aber irgendwann war es für mich selbstverständlich, dass sie da war. Ich schlang morgens mein Frühstück herunter und schaute meist kaum hinter der Zeitung hervor. Nach der Arbeit war ich so erschöpft, dass ich keine Lust mehr hatte, mir ihre Erlebnisse anzuhören.

Und wenn ich mal Zeit hatte, verbrachte ich sie lieber mit Freunden als mit ihr.

"Dich sehe ich doch jeden Tag. Wir unterhalten uns doch von morgens bis abends", sagte ich ihr, als sie sich einmal bei mir beklagte.

Und so bekam ich gar nicht mit, wie aus der quirligen, von Temperament überschäumenden Frau, die nie eine Minute hatte still sitzen können, eine stille, in sich gekehrte und zutiefst einsame Person wurde.

Ich weiß, es hört sich komisch an, aber mir war das zur damaligen Zeit partout nicht bewusst, meine Frau war einfach selbstverständlich für mich geworden. Ich wusste, wenn ich nach Hause kam, war sie da, und das war für mich das, was zählte.

Mittlerweile habe ich mit einigen Leuten gesprochen, die in langjährigen Ehen leben, und festgestellt, dass es vielen so geht.

Man weiß das, was man direkt vor der Nase hat, einfach nicht zu schätzen, es ist zur Gewohnheit geworden.

Aber dann kam der Tag, an dem sich alles änderte. Wie immer stand ich morgens auf und machte mich fertig, während meine Frau unten das Frühstück vorbereitete. Am Küchentisch nahm ich mir meine Zeitung und fing an zu lesen.

Ich war so vertieft in einen Artikel, dass ich zuerst gar nicht reagierte, als ich einen lauten Knall hörte. Ich dachte, meine Frau hätte eine Pfanne oder etwas Ähnliches fallen gelassen. Auch wieder ein Unterschied zu früher, denn da hätte ich sofort reagiert und ihr Hilfe angeboten, wenn ihr etwas heruntergefallen wäre.

Nun ignorierte ich das Geräusch und erst, als ich nach meinem Kaffee griff, sah ich an der Zeitung vorbei. Der Stuhl meiner Frau war umgefallen und sie lag zuckend auf dem Boden.

Ich sprang auf und ließ mich neben ihr nieder, sprach sie an, aber sie reagierte nicht. Angst durchflutete mich und ich rief den Notarzt. Als dieser eintraf, hatte sie die Augen wieder aufgeschlagen und war ansprechbar, trotzdem bestand der Notarzt darauf, dass sie sich im Krankenhaus untersuchen ließ, da sich das Ganze nicht nach einer Ohnmacht, sondern eher nach einem epileptischen Anfall anhörte. Ich fuhr im Krankenwagen mit und ließ sie auch in der Notaufnahme nicht aus den Augen. Man untersuchte sie lange, machte verschiedene Tests und ein CT. Ich beruhigte sie und sagte ihr, dass es schon nichts Schlimmes sein würde.

Aber der Arzt, der am späten Nachmittag mit uns sprach, zerstörte all unsere Hoffnung mit einem Schlag.

Francis habe ein Gehirn-Aneurysma, teilte uns der Arzt mit. Dies sei eine sehr ernste Erkrankung, die leider jederzeit zum Tod führen könne. Deshalb sei der epileptische Anfall, der von dem Aneurysma ausgelöst worden ist, eigentlich eine Art Segen, denn so sei es entdeckt worden, bevor es zu spät sei.

Der Arzt wollte Francis, so schnell es ging, operieren, wies uns aber darauf hin, dass diese Art von Operation leider unglaublich risikoreich sei und eine Überlebenschance von sechzig zu vierzig Prozent bestehe. Außerdem liege es im Bereich des Möglichen, dass Francis die Operation zwar überleben, danach aber schwer geschädigt sein könne. Sie könne ins Koma fallen, ihre

Motorik verlieren oder es könne ihr Sprachzentrum dauerhaft geschädigt werden.

Er wolle uns keine Angst machen, aber wir sollten uns der Gefahren bewusst sein. Ohne Operation allerdings würde Francis ein Leben auf dem Pulverfass führen. Es könne Monate, aber vielleicht auch nur Minuten dauern, bis das Aneurysma platzt.

Der Arzt ließ uns danach allein, damit wir in Ruhe über alles sprechen konnten, und wir diskutierten stundenlang miteinander. Ich war für die Operation, denn ich wollte meine Frau nicht verlieren und es bestand immerhin eine sechzigprozentige Chance, dass alles gut gehen würde. Francis aber ging das alles viel zu schnell, sie konnte das Ganze immer noch nicht richtig realisieren und so entschieden wir uns schließlich dazu, dass wir erst einmal nach Hause gehen und dann jeden Spezialisten aufsuchen würden, den wir zu diesem Thema auftreiben konnten. Wir hofften, dass es einen Neurochirurgen gab, bei dem die Chancen einer Operation besser lagen.

In den nächsten drei Wochen fuhren wir von einem Termin zum anderen und Francis musste sich endlos untersuchen lassen.

Wir beide merkten, dass sich seit der Diagnose etwas geändert hatte. Francis nahm alles um sich herum viel bewusster wahr, sie ärgerte sich nicht mehr über Kleinigkeiten und wurde spontaner. Und ich selbst *sah* meine Frau plötzlich wieder. Aufgrund der Angst, sie zu verlieren, *sah* ich sie auf einmal wieder. Ich sah wieder das junge Mädchen, in das ich mich einst verliebt hatte, und ich verspürte plötzlich wieder den Wunsch, sie glücklich machen zu wollen. Es erfüllte mein Herz mit

Freude, wenn ich sie zum Lächeln bringen konnte. Ich tat alles, was in meiner Macht stand, um sie von diesem Damoklesschwert, das ständig über uns schwebte, abzulenken. Ich führte sie zum Essen aus, in Restaurants, in die sie schon jahrelang hatte gehen wollen, für die ich aber immer zu geizig gewesen war. Ich ging mit ihr ins Kino, in die Oper und ins Museum.

Und ich konnte mit ansehen, wie meine Frau aufblühte wie eine lang verdorrte Pflanze. Wie sie wieder zu der quirligen, lebenslustigen Person wurde, die sie einst gewesen war.

Die Ärzte konnten uns leider nur weitere Hiobsbotschaften übermitteln. Keiner schätzte die Chancen besser ein, die meisten waren eher der Meinung, dass sie eigentlich noch schlechter standen. Und eines Tages traf meine Frau die Entscheidung, dass sie sich nicht operieren lassen würde. Ich versuchte ihr klarzumachen, dass eine kleine Chance doch immer noch besser war als gar keine, aber sie antwortete: „Die letzten drei Wochen meines Lebens waren schöner als die letzten fünfundzwanzig Jahre. Endlich fühle ich mich wieder lebendig, ich fühle mich geliebt und wir sind so glücklich zusammen. Ich will diese Zeit so intensiv wie möglich verbringen. Ich will alles tun, wovon ich schon immer geträumt habe, und die Zeit, die ich noch habe, so glücklich verbringen, wie nur irgendwie möglich."

Ich war immer noch dagegen und konnte einfach nicht verstehen, warum meine Frau sich so entschied, aber es war ihre Entscheidung und die musste ich akzeptieren, so schwer es mir fiel. Aber ich schwor mir, dass ich alles dafür tun würde, um diese Zeit zur glücklichsten ihres Lebens zu machen.

Mein erster großer Schritt bestand darin, dass ich in Frührente ging. Dass ich wegen meiner Arbeit so gut wie nie zu Hause gewesen war, war stets einer unserer Hauptstreitpunkte gewesen.

In der darauffolgenden Zeit taten wir lauter verrückte Dinge: Wir gingen im strömenden Regen spazieren, einfach nur, um uns nass regnen zu lassen, wir kauften uns Eis und veranstalteten nachts im Park ein Picknick, wir badeten nackt, liefen im Partnerlook herum und führten uns auf, wie die kleinen Kinder.

Und schließlich erfüllten wir Francis' größten Traum: Wir nahmen all unsere Ersparnisse, verkauften unser Haus und fast alles, was wir besaßen, und zogen nach Paris.

Die Stadt war wunderschön und in dieser neuen Umgebung, mit der fremden Sprache, fühlten wir uns wie zwei Frischverliebte. Wir schlenderten Hand in Hand durch die Straßen, genossen die Tage, ohne jemals unter Zeitdruck zu stehen. Tranken Café au Lait in kleinen malerischen Cafés, flanierten am Seine-Ufer entlang und kauften Nippes auf den Straßenflohmärkten.

Wir genossen das Leben, einen Tag nach dem anderen, uns immer bewusst, dass es kein Morgen geben könnte. Wir tranken Wein, achteten nicht auf Kalorien und stürzten uns in kulinarische Genüsse.

Acht Monate lebten und liebten wir uns in Paris. Die Ärzte sagten mir später, dass Francis eine Art medizinisches Wunder sei, dass sie noch nie von einer Patientin gehört hätten, die mit dieser Diagnose so lange gelebt hatte.

Als Francis tot war, stellte ich fest, dass es, obwohl ich nur getan hatte, was sie gewollt hatte, obwohl ich stets ihr Glück an erster Stelle gesetzt hatte, es auch die glücklichste Zeit meines Lebens gewesen war. Francis hatte auch mir ein neues Leben geschenkt. Auch ich ging nun mit ganz anderen Augen durch die Welt.

Eine Zeit lang blieb ich noch in Paris, denn ich wollte diese Ära nicht enden lassen. Ich besuchte weiterhin die Plätze, die Francis und ich gemeinsam besucht hatten, ging in Cafés und Restaurants und bestellte ihr Lieblingsessen. Ich tat alles, was wir die letzten Monate gemeinsam gemacht hatten und dachte dabei an Francis.

Ich nahm Abschied von ihr, in dem ich mich an jedem Ort daran erinnerte, wie glücklich wir gewesen waren und welche Gnade es gewesen war, dass wir früh genug aufgewacht waren und all das noch hatten erleben können.

Und deshalb ist Paris für mich auch nicht der Ort, an dem meine Francis gestorben ist, sondern der Ort, an dem sie zum ersten Mal seit unendlich langer Zeit wieder gelebt hat."

Der alte Mann sah Charlotte intensiv an, nachdem er seine Geschichte beendet hatte, und es fiel ihr schwer, seinem Blick standzuhalten, denn sie war so gerührt, dass sie mit den Tränen kämpfen musste.

Zum einen deshalb, weil diese Geschichte sie so tief berührt hatte und der alte Mann ihr so leidtat, denn sie wünschte sich, er und seine Frau hätten mehr Zeit miteinander gehabt, aber zum anderen auch, weil dies genau das war, was sie sich so sehr wünschte.

Nicht die Krankheit natürlich, aber das Glück, das die beiden in den letzten Monaten miteinander erlebt hatten. Diese Liebe, diese Aufmerksamkeit fehlte ihr schon so lange von ihrem Mann. Musste erst eine schwere Krankheit kommen, damit sie einander wieder richtig wahrnahmen und respektvoll behandelten?

Mr Duquettes Mundwinkel hoben sich. „Lassen Sie mich raten: Das war ganz schön viel auf einmal, oder? Ich weiß, wenn man Francis und meine Geschichte hört, dann ist man wie vor den Kopf geschlagen und es gehen einem tausend Fragen im Kopf herum.

War es richtig, was sie gemacht haben? Hätte sie sich nicht lieber doch operieren lassen sollen? War es wirklich Liebe oder Mitleid und Trauer, die uns die letzten Monate zusammengeschweißt hat? Falls Sie meine Francis mit in Ihr Buch aufnehmen, würde ich gerne wissen, wie die Meinung der Leser ist … ob sie uns verstehen können und ob sie genauso gehandelt hätten.“

Charlotte kaute nachdenklich am Ende ihres Kugelschreibers herum, während sie nach den richtigen Worten suchte.

„Ich danke Ihnen für diese wundervolle Geschichte, sie bekommt auf jeden Fall einen Platz in meinem Buch, so viel ist sicher. Ich vermute, die Entscheidung, die Francis und Sie getroffen haben, muss jeder ganz für sich selbst treffen. Ich denke, es kommt darauf an, welche Art Mensch man ist. Die Entscheidung Ihrer Frau war auf jeden Fall eine unglaublich mutige und ich weiß nicht, ob ich diesen Mut ebenfalls gehabt hätte, wenn ich an ihrer Stelle gewesen wäre. Aber für Sie beide war es, glaube ich, genau das Richtige, wenn ich sehe, mit wie viel Liebe Sie von Ihrer Frau sprechen. Sie sind nicht am Boden zerstört und deprimiert, wie so viele andere ältere Menschen hier, die ihren Partner verloren haben, sondern Sie denken zurück an die letzten einzigartigen Monate, die Sie beide sich geschenkt haben."

Die Tür ging auf und Mary, eine der älteren Pflegerinnen, kam herein. „Mittagessenszeit Mr Duquette. Wenn Sie sich nicht beeilen, ist es kalt. Kommen Sie, ich bringe Sie hin."

Er stand auf und drehte sich an der Tür noch einmal um. „Tja, das waren noch Zeiten, als ich selbst entschieden habe, wann ich Hunger hatte. Und als mir noch jemand zugetraut hat, dass ich die Uhr lesen und den Weg zum Esstisch ganz alleine finden kann."

Mr Duquette sagte es mit einem Augenzwinkern und einem Lächeln, aber er hatte recht. Diese Menschen waren so viel älter als die Pflegerinnen, hatten so viel mehr in ihrem Leben erlebt, und oft unermessliche Schicksalsschläge hinter sich. Manche hatten Kriege erlebt, hatten alles zurücklassen müssen, was sie besaßen, und Personen, die sie über alles geliebt hatten, zu Grabe tragen müssen ... Wie konnte es sein, dass viele Menschen, gerade in Pflegeheimen, sie wie kleine Kinder behandelten? Kinder, die keinen eigenen Willen mehr besaßen, die keine eigenen Entscheidungen treffen durften und deren Meinung für niemanden mehr wichtig erschien.

Sie hatte sich das früher nie vor Augen geführt: Wie würde sie sich fühlen, wenn sie einst eine berühmte, toughe Geschäftsfrau gewesen wäre, intelligent, mit einem Abschluss einer Eliteuniversität, und dann kämen Leute, die plötzlich über ihr ganzes Leben bestimmten? Darüber, *wann* sie morgens aufstand, *wann* sie aß, *was* sie aß und *wie viel* Zeit an der frischen Luft ihr gestattet wurde?

Und dazu hätte man ihr sämtliche Privatsphäre weggenommen. So wie gerade in Mr Duquettes Fall. Die Schwester war einfach in das Zimmer geplatzt, ohne vorher zu klopfen und auf ein *Herein* zu warten. Hatte dieser nette, stets höfliche Mann nicht das Recht darauf, dass man ihn mit Respekt behandelte, so wie er es mit den Pflegerinnen tat?

Charlotte war eine der wenigen, die anklopften, was die anderen immer sehr seltsam fanden, aber besser war sie dadurch auch nicht.

Jeden Morgen kam sie um eine bestimmte Uhrzeit zu den Bewohnern und sagte: „So, es ist Zeit zum Aufstehen … zum Waschen … zum Frühstücken … usw."

Ganz so, als hätten diese Menschen keinen eigenen Willen mehr. Und wenn es einmal länger dauerte, dann war es gleich ein Drama bei den Pflegerinnen, denn dann geriet ja der ganze schöne Zeitplan durcheinander. Jeder Patient durfte nur ein gewisses Maß an Zeit verschlingen. Manchmal hatte Charlotte das Gefühl, als könnte sie genauso gut an einem Fließband arbeiten.

Besonders schlimm fand sie es, wenn die Pflegerinnen die Bewohner wie Luft behandelten.

Sie rissen die Tür des Zimmers auf, zerrten die alten Leute förmlich aus dem Bett und wuschen sie. Währenddessen redeten sie oft kein Wort mit ihnen. Kein *Guten Morgen! Haben Sie gut geschlafen? Ist das Wasser warm genug?* Manchmal trieben sie es sogar noch schlimmer, in dem sie sich zu zweit über den Kopf des Bewohners hinweg miteinander unterhielten und dabei mechanisch ihre Arbeit verrichteten.

Sie war letzte Woche in ein Zimmer gekommen, in dem zwei junge Pflegerinnen eine liebe ältere Dame im

Rollstuhl vor dem Waschbecken wuschen. Die alte Dame hatte einen freien Oberkörper und sie zitterte vor Kälte, während die eine Schwester mit dem Waschlappen in der Hand der anderen erzählte, was sie gestern Nacht für einen aufregenden Typen in der Disco getroffen habe. Als würde sie ein Auto waschen, rubbelte sie mechanisch mit dem Waschlappen am Arm der Patientin und hob diesen mal herauf, mal herunter, während sie gestikulierte.

Mrs Brown, die ältere Dame, versuchte ein paar Mal leise etwas zu sagen, aber die beiden ignorierten sie, als wären sie alleine im Raum.

Charlotte hatte das Ganze schließlich gar nicht mit ansehen können, und hatte es kurzerhand selbst übernommen Mrs Brown zu waschen.

Aber wie gesagt, auch wenn sie sich bemühte, es war nicht genug, das wurde ihr jetzt, da sie dieses Buch schrieb, bewusst.

CHARLOTTE

Den ganzen Nachmittag bis Feierabend dachte sie darüber nach und versuchte noch mehr auf die Bewohner einzugehen, als sie es sowieso schon tat.

Auf dem Weg nach Hause kaufte sie noch schnell die Zutaten fürs Abendessen ein und fragte sich, ob Danny wohl schon zu Hause war.

Aber als sie die Haustür aufschloss, beantwortete sich diese Frage ganz von selbst, denn der Fernseher war so laut, dass sie selbst im Flur schon jedes Wort verstehen konnte. Es lief Sport, was auch sonst.

Sie ging am Wohnzimmer vorbei und sah Danny, der in T-Shirt und einer alten Jogginghose mit einer Flasche Bier vor dem Fernseher saß.

„Hi, ich bin zu Hause", rief sie und versuchte dabei den Sportreporter zu übertönen.

„Hallo, Schatz. Ich habe einen Riesenhunger, hast du zufällig was gekauft?", fragte Danny, ohne den Blick vom Bildschirm abzuwenden.

„Ja, ich habe gedacht, ich koche uns heute Spaghetti Bolognese."

„Super, das ist perfekt", entgegnete Danny und schrie plötzlich auf, da seine Mannschaft einen Punkt erzielt hatte.

Charlotte ging in die Küche, packte die Zutaten aus und setzte dann das Wasser für die Spaghetti auf. Während sie darauf wartete, dass das Wasser kochte, briet sie das Hackfleisch an und schnitt die Zwiebeln, den

Knoblauch und die Kräuter, mit denen sie die Soße verfeinern wollte.

Als das Wasser heiß genug war, gab sie die Nudeln hinein und fügte Salz und Öl hinzu. Dann widmete sie sich wieder der Soße.

Während sie arbeitete, hörte sie die Sportgeräusche, die aus dem Wohnzimmer drangen, und fühlte sich einsam. Das Kochen nach einem langen Arbeitstag würde viel mehr Spaß machen, wenn Danny ihr in der Küche Gesellschaft leisten und sich mit ihr unterhalten würde.

Als sie alles fertig hatte, füllte sie zwei Teller und streute über Dannys Portion noch eine großzügige Menge Parmesan, denn so mochte er es am liebsten.

Dann rief sie ihn: „Essen ist fertig!"

Sie hörte ein Fluchen, das darauf hindeutete, dass das Spiel gerade nicht so lief, wie Danny es sich vorstellte, und dann antwortete er: „Es ist gerade total spannend, ich kann hier nicht weg. Kannst du mir das Essen bitte hierherbringen?"

Na super, dachte Charlotte und nahm beide Teller und das Besteck, das sie schon auf den Tisch gelegt hatte, und ging ins Wohnzimmer.

Nachdem sie Danny seinen Teller gegeben hatte, setzte sie sich in den Sessel, streifte ihre Schuhe von den Füßen und machte es sich im Schneidersitz bequem, damit sie ihren Teller irgendwo abstellen konnte.

Danny beachtete sie gar nicht, starrte gespannt auf den Bildschirm und schob sich in regelmäßigen Abständen eine Gabel voll Spaghetti in den Mund.

Kein *Danke*, kein *Das schmeckt aber lecker*, oder *Lieb von dir, dass du nach der Arbeit noch gekocht hast.* Gar nichts. Sie fragte sich, ob er überhaupt mitbekam, was er da in sich reinschaufelte.

Sie verlangte ja nicht viel, aber wenigstens ein bisschen Dankbarkeit oder Aufmerksamkeit wäre schön.

Während sie ihre Nudeln aß, dachte sie wieder an die Geschichte, die sie heute von Mr Duquette gehört hatte.

Das war wahre Liebe. *Würde Danny so etwas auch für sie tun? Würde er sein ganzes bisheriges Leben, seinen Job, seine Freunde, alles hinter sich lassen und mit ihr nach Paris ziehen?*

Früher hätte sie diese Frage bejaht, aber jetzt war sie sich da nicht mehr so sicher. Sie fühlte sich genauso wie Francis vor ihrer Erkrankung – nicht beachtet, für selbstverständlich genommen und übersehen. *Ob Danny sie wirklich liebte? Oder war es nur Gewohnheit, die sie beide nach all der Zeit zusammenhielt?*

Wenn sie die Liebesgeschichten der Bewohner im Pflegeheim hörte, dann wurde sie traurig, denn genau das wollte sie auch. Sie wollte keinen Mann, der vor dem Fernseher saß und sie gar nicht beachtete, sie wollte Leidenschaft, sie wollte ein Feuerwerk, den berühmten Ritter in glänzender Rüstung auf dem weißen Pferd.

Als sie das Danny einmal erzählt hatte, hatte er fast einen Lachkrampf bekommen und sie kitschig und realitätsfern genannt. Und mit der Zeit hatte Charlotte es geglaubt, zumal all die Freunde aus ihrem Freundeskreis sich auch scheiden ließen oder trennten. Aber jetzt, da sie diese unglaublich romantischen Geschichten hörte, sah sie, dass es sie doch gab: die ganz große, alles um sich herum verschlingende Liebe! Sie war kein Hirngespinst, keine romantische Träumerei. Es gab wirklich Menschen, die sie miteinander erlebt hatten, und sie war sich sicher, dass sie in der nächsten Zeit bestimmt noch mehr solcher Geschichten erzählt bekommen würde.

Sie stand auf, nahm Danny den leeren Teller ab und ging dann in die Küche, um beide in die Spülmaschine zu räumen.

Als sie wieder zurück war, sprach sie Danny an: „Ich habe mich heute mit einem Bewohner unterhalten, Mr Duquette ist …“

„Schatz, das Spiel geht nur noch zehn Minuten, hat das nicht Zeit bis nachher?“, fragte Danny, bevor sie den Satz überhaupt zu Ende sprechen konnte.

„Natürlich“, antwortete Charlotte traurig, nahm sich ihr Buch vom Sessel und beschloss, ins Bett zu gehen und zu lesen.

Es hätte ohnehin keinen Zweck, Danny die Geschichte zu erzählen, sie würde ihn bestimmt überhaupt nicht so berühren wie sie und er würde das Ganze wahrscheinlich rein aus medizinischer Sicht betrachten.

Mrs Erickson und Mr Byrnes

Als Charlotte in die Smaragdvilla kam, schaute sie auf die Schildchen neben den Türen.

Sie suchte Mrs Erickson, aber da sie normalerweise fast immer im Rubinschloss arbeitete, kannte sie hier weder die Patienten noch die Zimmer, in denen sie untergebracht waren, besonders gut.

Als sie in Mrs Ericksons Zimmer kam, stellte sie fest, dass diese nicht da war. Da sie aber noch sehr gut zu Fuß war, konnte es durchaus sein, dass sie sich im Aufenthaltsraum oder draußen im Garten befand, wobei Letzteres aufgrund des Wetters eher unwahrscheinlich war. Andererseits war jeder Mensch anders und sie kannte viele Leute, die auch die Kälte nicht abschrecken konnte, im Gegenteil, sie fanden die eisige Luft sogar anregend und erfrischend.

Hier im Pflegeheim wurde natürlich darauf geachtet, dass die Bewohner nicht im strömenden Regen hinausgingen und sich auch dem Wetter gemäß kleideten, denn in diesem Alter und bei der gesundheitlichen Konstitution von vielen, konnte schon eine einfache Erkältung schnell zu einer Lungenentzündung und zum Tod führen.

Aber selbst die „Naturfreunde" unter ihren Bewohnern saßen mittlerweile lieber mit einer Tasse Tee oder

Kaffee drinnen und schauten dem Schneetreiben im Warmen zu.

Also würde sie es erst einmal im Aufenthaltsraum probieren. Der Grund, warum sie Mrs Erickson interviewen wollte, war der, dass sie sie ständig mit einem älteren Mann zusammen sah. Die beiden verbrachten fast jede freie Minute miteinander, schauten fern, spielten Karten oder unterhielten sich. Charlotte wollte wissen, ob Mrs Erickson sich hier im Pflegeheim in den älteren Herrn namens Mr Byrnes verliebt hatte. Eine Art große Liebe im hohen Alter. So etwas hatte sie nämlich noch gar nicht in ihrem Roman.

Als sie den Aufenthaltsraum betrat, sah sie, dass er bis auf Mrs Erickson und den älteren Mann, mit dem sie so viel Zeit verbrachte, leer war. Das lag wahrscheinlich daran, dass es früher Nachmittag war und sich viele der Bewohner nach dem Mittagessen zu einem kurzen Schläfchen hinlegten.

Die beiden schauten einen Film, deshalb blieb sie im Türrahmen stehen, um die zwei nicht zu stören.

Sie musste grinsen, denn die beiden sahen sich den Liebesfilm schlechthin an: Casablanca.

An Romantik vergleichbar mit den Twilight-Filmen für die jetzige Generation.

Na, wenn das mal kein Date war, dachte Charlotte, bis über beide Ohren grinsend. *Fehlte nur noch das Kerzenlicht und ein Glas Wein.*

Da der Film schon fast zu Ende war, beschloss sie, die beiden nicht zu stören und ihnen den Schluss nicht kaputtzumachen.

Sie schaute sich den Klassiker von hier aus an. Da die Couch ein bisschen schräg stand, konnte sie auch einen Blick auf die beiden älteren Leute werfen.

Nach einer Weile hatte Charlotte den Film vollkommen vergessen und beobachtete nur noch Mrs Erickson und den älteren Mann.

So etwas unglaublich Schönes und Romantisches hatte sie noch nie gesehen. Während der Film lief, sprachen die beiden den Text nahezu synchron mit, als hätten sie ihn schon Hunderte Male gesehen. Mrs Erickson war in die Rolle von Ingrid Bergmann geschlüpft, der ältere Mann hatte Humphrey Bogarts Part übernommen.

Intensiv blickten sie sich während der bewegenden Abschiedsszene in die Augen und Charlotte war so gerührt, dass ihr ganzer Körper mit Gänsehaut überzogen war. Es hätte albern sein können oder auch unglaublich kitschig, aber es war eins der schönsten Dinge, die sie je gesehen hatte.

Als der Film zu Ende war und der Abspann über den Bildschirm flackerte, schenkte Mrs Erickson dem älteren Mann ein liebevolles Lächeln und sagte: „Ich danke dir für den wunderbaren Filmnachmittag, Richard, von dir hätte sich Bogart noch eine Scheibe abschneiden können."

Dann erhob sie sich langsam und stöhnend von der Couch und stützte sich auf der Lehne ab, um nicht das Gleichgewicht zu verlieren.

Sie schaute den älteren Mann noch einmal an, aber dieser war schon in den Anfang des nächsten Films vertieft.

Als sie sich umdrehte, erblickte sie Charlotte. „Oh, waren wir zu laut?“, fragte sie erschrocken.

Charlotte lächelte. „Nein, überhaupt nicht, Mrs Erickson. Mein Name ist Charlotte, ich weiß nicht, ob Sie mich schon einmal gesehen haben, ich arbeite normalerweise im Rubinschloss und bin nur selten hier in Ihrem Haus eingesetzt.“

Mrs Erickson ging langsam den Flur entlang, während sie sich mit der Hand an dem weißen Metall-geländer festhielt, das in jedem der Häuser in Hüfthöhe an den Wänden angebracht war, um den Bewohnern das Laufen zu erleichtern.

Denn es gab viele ältere Menschen, meistens Frauen, die keinen Gehstock oder Laufwagen benutzen wollten; die sich weigerten anzuerkennen, dass sie einen brauchten, und für solche Fälle, war dieser Handlauf angebracht.

Wenn sie Mrs Erickson so ansah, dann wettete sie, dass sie auch zu dieser Kategorie gehörte, denn man sah, dass die ältere Frau viel Wert auf ihr Äußeres legte.

Viele der Bewohner hier trugen tagsüber einfach einen bequemen Jogginganzug oder einfach einen Bademantel oder Morgenrock, aber Mrs Erickson war ausgehfertig gekleidet. Sie trug eine cremeweiße Stoffhose und eine farblich dazu passende Bluse, an der seitlich am Hals eine wunderschöne Schmetterlingsbrosche befestigt war. Ihre Haare waren von einem strahlenden Schneeweiß, leicht in Wellen gelegt und zu einem eleganten Chignon geschlungen. Außerdem trug sie Puder und ein dezentes Parfüm.

„Ich weiß, wer Sie sind!“, sagte die alte Dame plötzlich.

Charlotte runzelte überrascht die Stirn.

„Sie sind die Frau, die Liebesgeschichten sammelt“, fuhr sie fort.

Mittlerweile hatten sie Mrs Ericksons Zimmer erreicht und die alte Dame ließ sich auf ein gemütliches kleines Sofa sinken, das sie in die Ecke des Zimmers gestellt hatte.

Charlotte blieb unschlüssig in der Tür stehen, aber die Dame bedeutete ihr einzutreten.

„Woher wissen Sie das?“, fragte Charlotte vollkommen überrascht.

„Wissen Sie, hier passiert nicht viel Aufregendes, unsere Tage sind ziemlich eintönig und da ist so eine Sache wie Ihr Buchprojekt schon ziemlich spektakulär. Ich habe es von meiner Freundin Agnes erfahren, als wir das letzte Mal zusammen Bridge gespielt haben. Glauben Sie mir, Sie sind schon eine Art Berühmtheit unter den Leutchen hier. Am liebsten würde jeder mitmachen, nur, um mal aus dem langweiligen Trott herauszukommen, aber nicht jeder hat etwas so Interessantes wie zum Beispiel Agnes zu erzählen.“

„Und was ist mit Ihnen? Ich habe Sie schon öfter mit dem älteren Herrn aus dem Gemeinschaftsraum beobachtet. Sind Sie beide ein Paar?“

„Sie verlieren wohl keine Zeit, junge Dame, oder?“, fragte Mrs Erickson amüsiert.

Charlotte wurde knallrot und stammelte: „Es tut mir lei… leid, wenn ich Ihnen zu nahe … also, wenn ich zu direkt …“

Mrs Erickson hob abwehrend die Hände. „Sie brauchen sich nicht zu entschuldigen. Mir ist es lieber, wenn jemand sofort etwas fragt, als wenn er hinter meinem Rücken tuschelt oder falsche Schlüsse zieht.“

„Also, wenn Agnes schon mit Ihnen über meinen Roman gesprochen hat, dann wissen Sie ja, worum es geht. Hätten Sie vielleicht Lust, mitzumachen? Eine Geschichte wie Ihre fehlt mir noch in meinem Buch."

Die alte Dame betrachtete eine Weile nachdenklich ihre vom Alter gezeichneten Hände, als suchte sie nach einer Antwort. Dann räusperte sie sich. „Ich werde Ihnen meine beziehungsweise unsere Geschichte erzählen, aber sie ist nicht das, was Sie gesucht haben, so viel kann ich Ihnen direkt vorwegsagen. Ich habe mich in diesem Pflegeheim nicht verliebt."

Charlotte war überrascht. „Nein? Sie beide sahen so verliebt ineinander aus, ich dachte wirklich, Sie sind ein Paar, und nicht bloß Bekannte oder Zimmernachbarn."

„Wie ich Ihnen gerade schon gesagt habe, Kindchen, jeder Mensch neigt schnell dazu, voreilige Schlüsse zu ziehen und aufgrund von Beobachtungen zu denken, dass er weiß, was bestimmte Situationen zu bedeuten haben. Aber ich denke, dass meine Geschichte Sie trotzdem interessieren wird und dass sie, obwohl ich nicht weiß, welche Geschichten Sie schon erfahren haben, bisher nicht in Ihrem Buch vorgekommen ist."

Charlotte schmunzelte und sagte: „Sie verstehen es aber wirklich, jemanden neugierig zu machen."

Mrs Erickson lächelte. „Das will ich doch hoffen, denn es war einmal mein Beruf. Ich war Zeitungsreporterin und ich hatte immer den Anspruch, dass meine Artikel informativ und fundiert sind, dass sie die Leser aber trotzdem mitreißen und neugierig machen."

„Das haben Sie definitiv im Laufe der Jahre nicht verlernt", entgegnete Charlotte und nahm sich vor, Mrs

Erickson nach der Romansache noch einmal zu besuchen, um mehr über ihre Vergangenheit und ihren Beruf zu erfahren. Vielleicht sollte sie, falls sie es wirklich schaffte, diesen Roman hier zu schreiben und zu veröffentlichen, noch ein weiteres Buch über die allgemeinen Lebensgeschichten der Menschen hier schreiben. Auch dafür, da war sie sich sicher, würde sie wieder viel Interessantes erfahren. Wer weiß, welche berühmten Leute hier vielleicht unscheinbar und von allen unbeachtet lebten … Schauspieler, hochrangige Politiker oder Firmenmoguln.

Mrs Erickson warf einen Blick auf die Uhr und dachte nach. „Das Abendessen dauert noch ein paar Stunden, bis dahin habe ich Zeit, denn jetzt gleich, macht Richard erst einmal ein kurzes Nickerchen wie jeden Tag. Das heißt, ich hätte bis zum Abendessen Zeit, wenn Sie meine Geschichte hören wollen. Oder müssen Sie gleich weiterarbeiten?"

Charlotte schüttelte den Kopf und kramte in ihrer Handtasche nach ihrem Notizbuch und ihrem Stift. „Nein, jetzt sofort wäre prima. Ich fände es toll, wenn Sie mir Ihre Geschichte erzählen würden und bis zum Abendessen sind wir bestimmt fertig. Sie verbringen wirklich viel Zeit mit Richard, oder?"

Die alte Dame zog sich eine cremeweiße Wolljacke an, die vorher über der Stuhllehne gehangen hatte, und wickelte sie fest um sich, um sich zu wärmen. „Das sollte ich wohl, schließlich ist er mein Mann."

Charlottes Kinnlade klappte herunter und sie starrte Mrs Erickson verwirrt an. „Ihr Mann?", wiederholte sie. „Sie meinen Mr Byrnes? Es tut mir leid, aber das verstehe ich nicht."

Mrs Erickson stieß ein glockenhelles Lachen aus. „Ja, ich kann mir vorstellen, dass Sie das verwirrt. Ich sagte ja, dass Sie eine Geschichte wie meine bestimmt noch nicht gehört haben."

Sie wartete, bis Charlotte bereit zum Schreiben war und fuhr dann fort: „Zunächst einmal heiße ich nicht Erickson. Beziehungsweise nicht mehr. Erickson ist mein Mädchenname, so hieß ich, bevor ich Richard geheiratet habe.

Aber am besten fange ich ganz von vorne an, sonst ist es zu verwirrend.

Die Ehe von Richard und mir gründete weder auf Liebe noch auf Leidenschaft oder auf sonst welchen romantischen Gefühlen.

Unsere Ehe war arrangiert! Bevor Richard und ich heirateten, hatten wir uns vielleicht fünf, sechs Mal gesehen und so gut wie gar nicht miteinander gesprochen. Ich weiß, heutzutage ist so etwas absolut undenkbar und auch schon zu meiner Jugendzeit kam es so gut wie niemals vor.

Aber Richard und ich waren im tiefsten Süden aufgewachsen, meine Eltern besaßen eine große Menge an Baumwollfeldern und genossen ein hohes Ansehen und Richards Eltern verfügten über ein riesiges Firmenimperium, das Baumwolle weiterverarbeitete. Heutzutage würde man vielleicht darüber nachdenken, die beiden Firmen miteinander fusionieren zu lassen. Damals erschien es allen Beteiligten als die perfekte Lösung, die beiden Familien miteinander zu verheiraten. Allen außer Richard und mir, wie Sie sich vielleicht vorstellen können.

Ich kannte Richard wie gesagt so gut wie gar nicht, aber das, was ich von ihm wusste, reichte mir voll und ganz. Ich hielt ihn für einen neureichen, eingebildeten Schnösel, der noch am Rockzipfel seiner Mutter hing. Er benahm sich trotz seiner gerade mal achtzehn Jahre schon wie ein perfektes Abbild seines Vaters, des Südstaatenbarons, und tat alles, um seine Eltern vollkommen zufriedenzustellen.

Ich selbst war ein unglaublicher Wildfang, was vielleicht daran lag, dass ich mit drei Brüdern groß geworden war und fast meine gesamte Freizeit auf den Plantagen verbrachte, wo ich den Schwarzen beim Baumwollpflücken zusah, auf Bäume kletterte oder all die verrückten Aktionen meiner Brüder mitmachte.

Wissen Sie, als Mädchen unter so vielen Jungen hat man es nicht leicht. Man schafft es nur anerkannt zu werden, wenn man sich noch wilder und verrückter benimmt, als sie es tun. Wenn man in jede Mutprobe einwilligt und keine Angst davor hat, sich einmal dreckig zu machen oder die Knie aufzuschlagen.

Ich war wahrlich keine der klassischen Südstaatenprinzessinnen, die blass und vornehm in einem hübschen Kleid auf der Veranda sitzen und den lieben langen Tag Eistee trinken.

Und mal davon abgesehen, dass Richard all dem entsprach, was ich ablehnte und was mich anwiderte, hatte ich auch so kein Interesse an ihm, denn mein Herz gehörte schon jemandem.

Er hieß Henry und war ein aufstrebender Journalist, der sich gerne mit kritischen Dingen auseinandersetzte und sich nicht davor scheute, seine Meinung öffentlich zu machen, gerade was die schwarzen Arbeiter auf den

Baumwollfeldern und deren Arbeitsbedingungen anging. Da meine Familie typische Südstaatler waren, konnten sie mit Journalisten und mit Henry und seinen kontroversen Meinungen nicht viel anfangen. Sie mochten ihn nicht und er war bei uns nicht erwünscht, das hatten sie uns beiden deutlich klargemacht. Aber die Liebe fragt nach so etwas nicht und ich wollte nur ihn. Außerdem waren seine Ansichten viel mehr die meinen, als die meiner Eltern oder von Richards Familie.

Trotz alledem hatten sich unsere Eltern fest in den Kopf gesetzt, dieses Bündnis zu schließen, das sowohl für unsere Ehe, als auch für den Zusammenschluss der Firmen der beiden Familien galt, sodass beide zusammen eine nicht zu unterschätzende Macht in Louisiana sein würden.

Am Anfang nahm ich das Ganze nicht ernst, ich dachte: *Schön, dass sie sich das in den Kopf gesetzt haben, aber ich spiele nicht mit, also wird daraus nichts.*

Ich traf mich weiterhin heimlich mit Henry und genoss das Leben, während die „Fusionierungspläne" immer mehr Gestalt annahmen.

Es wäre vielleicht anders gelaufen, hätte Richard sich auch dagegen gewehrt, aber er war, wie schon gerade erwähnt, ein perfektes Abbild seiner Familie, und wenn die ihm sagte: „Heirate dieses Mädchen", dann würde er es eben tun.

Im Laufe der Zeit wurde der Druck meiner Familie immer größer und sie drängten mich immer mehr und langsam begriff ich: Dies ist kein Spaß, sie meinen es wirklich ernst. Mit schlauen Sprüchen und Trotz kommst du da nicht wieder heraus.

Und ehe ich michs versah, wurde der Hochzeitstermin festgelegt und alle fingen an, das Fest zu planen, nur ich, die eigentlich die Hauptperson sein sollte, wurde nicht einbezogen.

Sie können sich nicht vorstellen, wie ich mich fühlte und wie ich mich aufführte. Ich versuchte alles, ich war unausstehlich, benahm mich bei allen Treffen mit Richards Familie absolut grauenvoll, ich war bockig, gab freche Antworten. Als das nichts half, wurde ich depressiv, schloss mich in mein Zimmer ein, ging nicht mehr raus, aß nichts mehr. Aber das schien keinen zu stören, also wurde ich wütend, schrie herum, drohte damit, wegzulaufen und irgendwo ein neues Leben anzufangen. Aber es war eine andere Ära als heute, die Mädchen waren komplett anders erzogen und so blieb mir irgendwann nichts anderes übrig, als zu kapitulieren. Ich wollte meiner Familie nicht schaden, denn ich liebte sie und ich wusste, wie wichtig diese Fusion der Firma für sie war. Also fügte ich mich schließlich in die Hochzeit. Ich beschloss, alles geschehen zu lassen, Richard zu heiraten und dann irgendwann, wenn die Firmen sicher miteinander verschmolzen waren und ich die große Liebe traf, wegzulaufen und mit dem Mann meiner Träume irgendwo ein neues Leben anzufangen.

Ich war jung und naiv und stellte mir das ganz einfach vor und fragte mich nicht, wie Richard sich wohl fühlen mochte, wenn ich eines Tages einfach verschwand, oder auch zum jetzigen Zeitpunkt. Ob er sich vielleicht genauso alleine und verloren fühlte wie ich, daran verschwendete ich keinen Gedanken. Oder daran, dass er mich vielleicht genauso wenig liebte und auch keine Ehe auf dieser Grundlage eingehen wollte.

Als der *große* Tag da war, hätte ich statt des weißen Hochzeitskleides am liebsten Schwarz getragen, denn für mich war es ein Trauertag. Ich hatte das Gefühl, das alles wäre nur ein schlimmer Albtraum, aus dem ich endlich aufwachen müsse.

Es gibt kein einziges Hochzeitsfoto, auf dem ich lache, und Richards Lächeln sieht mehr als krampfhaft aus. Während der ganzen Hochzeitsfeier wechselten wir vielleicht ein Dutzend Sätze und alle drehten sich um höfliche, banale Dinge. „Möchtest du noch ein Stück Torte? Kannst du mal mit meinem Onkel reden? Vorsicht, dein Stuhl steht auf deiner Schleppe.“

Es würde zu lange dauern, zu erzählen, wie schwierig die ersten Tage, Wochen und Monate gewesen waren. Wir benahmen uns wie zwei Fremde, die zufällig in derselben Wohnung lebten.

Richard war kein so schlimmer Mann, wie ich es mir vorgestellt hatte, er war stets höflich und nett zu mir, und wenn er von der Arbeit kam, nahm er sich immer die Zeit, beim Essen mit mir zu reden und sich nach meinem Tag zu erkundigen. Aber obwohl auch ich mich bemühte, waren unsere Gespräche immer sehr verkrampft und keiner öffnete sich dem anderen wirklich. Wir redeten über unseren Alltag, über Dinge, die wir gelesen hatten oder über gemeinsame Bekannte, aber nie über etwas Tiefschürfendes, über etwas, das uns wirklich bewegte. Ich kam mir in meinem neuen Leben wie eine Schauspielerin vor und es geschah nicht selten, dass ich tagsüber zu meiner Mutter flüchtete und dort mein Herz ausschüttete. Aber meine Mutter entstammte einer ganz anderen Generation und sie verstand meine Probleme einfach nicht. Sie fragte, ob Richard mich verprügelte, mich anbrüllte oder zu Dingen zwang, die ich nicht tun wollte, und wenn ich daraufhin versicherte, dass er mich stets mit ausgesuchter Höflichkeit behandelte, dann fragte sie mit gerunzelter Stirn: „Was willst du denn noch?"

Liebe und Leidenschaft ... das waren nur zwei der Dinge, nach denen ich mich unendlich sehnte. Mein Mann sollte gleichzeitig mein Liebhaber und mein bester Freund sein. Er sollte mich atemlos vor Begehren machen, mir mit einem tiefen Blick in meine Augen weiche Knie bescheren und ich wollte mich ihm gleichzeitig so nah fühlen, so geborgen, dass ich ihm mein verletzlichstes Inneres offenbaren konnte. Dass ich ihm zeigen konnte, wer ich wirklich war!

Aber ich schwieg, denn mit keinem dieser Gründe hätte meine durch und durch rationale Mutter etwas anfangen können.

Solche Dinge waren für sie Hirngespinste, Kleinmädchenfantasien und bar jeglichen Realismus.

Also ging ich nach Hause und lebte weiterhin mit einem Fremden unter einem Dach.

Aber drei Monate später veränderte sich alles. Mein Leben zersplitterte von einem Tag auf den anderen in Millionen Stücke. Nichts war mehr so, wie es vorher gewesen war.

Es war ein ganz normaler Tag gewesen, nicht kalt, nicht heiß, weder regnete es noch schien die Sonne übermäßig. Kein Mensch würde sich an diesen Tag erinnern, doch ich weiß noch jede Kleinigkeit, denn es war der Tag, an dem mein Leben, so wie ich es kannte, endete.

Ich war gerade in der Küche und bereitete den Teig für einen Kuchen vor, als es an der Tür schellte. Ich ärgerte mich und war genervt, denn ich hatte die Hände voller Teig und war verschwitzt, ich wollte die Tür nicht aufmachen. Dennoch griff ich nach einem Küchenhandtuch, wischte mir notdürftig den Teig von den Fingern und ging zur Tür, um zu sehen, wer mich so unangemeldet besuchte.

Es waren zwei Polizisten davor, die so ernst aussahen, dass ich augenblicklich wusste, dass etwas passiert sein musste.

Ich fragte, was los sei, ob es einen Unfall gegeben habe, aber sie antworteten nicht, sondern baten mich stattdessen, hineinkommen zu dürfen.

Sie bestanden darauf, dass ich mich setzte, und einer der Polizisten fragte, ob er mir ein Glas Wasser holen solle.

Ich fand das Ganze absurd, schließlich waren sie meine Gäste, ich sollte fragen, ob ich ihnen etwas zu trinken holen sollte und nicht umgekehrt.

Als ich verneinte, setzte sich der andere Polizist zu mir auf die Couch und sagte: „Es tut mir leid, Ihnen das mitteilen zu müssen, aber es gab einen schweren Unfall. Der Wagen Ihrer Eltern wurde von einem Baumwolllaster gerammt und ist von der Straße abgekommen.“

"Geht es ihnen gut? Oder liegen sie im Krankenhaus … falls ja, könnten Sie mich vielleicht zu ihnen fahren? Mein Mann ist leider noch auf der Arbeit", antwortete ich.

"Es tut mir leid ... in dem Fahrzeug befanden sich außer Ihren Eltern auch noch Ihre drei Brüder. Wir waren so schnell wie möglich mit den Rettungskräften am Einsatzort, aber unsere Hilfe kam zu spät", entgegnete der Polizist, der in meiner Nähe saß.

Ich starrte ihn verwirrt an und mein Kopf fühlte sich seltsam leicht und leer an, so als wäre er mit Watte gefüllt.

Es dauerte eine ganze Weile, bis mein Verstand realisierte, was der Polizist mir sagen wollte. „Sie meinen, sie sind tot? Meine Eltern, meine Brüder ... alle? Alle sind tot? Das kann nicht sein, ich habe sie doch gestern erst gesehen, das muss eine Verwechslung sein. Sie haben bestimmt einen falschen Namen, das kann nicht meine Familie sein. Ganz sicher nicht ... Sie müssen sich irren. Nein, das ist nicht wahr. Sie können nicht tot sein. Ein Scherz, das ist es, ein grausamer, makabrer Scherz, dem Sie aufgesessen sind. Das wird es sein. Natürlich sind sie nicht tot ... nein, nein ... alles wird sich aufklären ..."

Ich weiß nicht, wie lange ich so vor mich hin stammelte, die Polizisten waren überfordert und wussten nicht, was sie tun sollten, also ließen sie mich einfach reden und riefen dann meinen Ehemann und einen Arzt an.

Der Arzt erklärte ihnen, dass ich einen Schock erlitten habe, und verabreichte mir ein starkes Beruhigungsmittel, damit ich erst einmal schlief.

Richard ließ auf der Arbeit alles stehen und liegen und eilte sofort zu mir nach Hause.

Ich erinnere mich an keins dieser Dinge, das Letzte, was sich in mein Gehirn eingebrannt hat, ist die

Nachricht des Polizisten, dass meine gesamte Familie in der Zeitspanne eines Wimpernschlags vom Angesicht der Erde getilgt worden war. Danach folgte für mich eine Zeit der Schwärze, ich bekam nichts um mich herum mit, mein Kopf war leer, keines Gedankens mehr fähig. Ich weiß aus dieser schrecklichen Zeit so gut wie nichts mehr. Nur eines ist mir im Gedächtnis geblieben: Richard wich nicht mehr von meiner Seite! Und das meine ich wortwörtlich. Er ging nicht mehr arbeiten, das Essen ließ er sich auf mein Zimmer bringen und nachts schlief er neben unserem Bett auf dem Fußboden. Und immer wenn ich von Weinkrämpfen geschüttelt wurde, schloss er mich in seine starken Arme und hielt mich einfach nur fest, während er mir sanft über den Rücken fuhr.

Er wurde nie ungeduldig, sagte mir nie, dass ich mich gefälligst zusammenreißen solle oder dass das Leben schon weitergehe. Er ließ mich um meine Familie trauern, er gab mir den Freiraum, den ich brauchte, und ließ mich gleichzeitig nicht eine Sekunde alleine. Als ich genug geschwiegen hatte, setzte er sich zu mir auf das Bett, nahm meine Hand in seine und erzählte mir Stunde um Stunde alles, was er von meinen Eltern und meinen Brüdern wusste. Er berichtete über lustige Dinge, die sie bei Dinnerpartys, auf denen sie gemeinsam gewesen waren, gesagt hatten, beschrieb bis ins kleinste Detail die Schönheit meiner Mutter und erzählte mir, wie sehr er stets die zielstrebige Art meines Vaters bewundert hatte.

Und dann, als ihm nichts mehr einfiel, fing ich zu reden an. Es war, als müsste ich ihm alles aus meinem Leben erzählen.

In den Monaten unserer Ehe hatte ich ihn immer außen vor gelassen, hatte nur über die banalen, täglichen Dinge geredet, aber nie etwas von mir preisgegeben. Ich hatte nicht gewollt, dass er wusste, wer ich wirklich war.

Aber jetzt sprudelte alles aus mir heraus, ich wollte ihm erzählen, dass ich eigentlich gar nicht so war, wie er mich kannte. Erst vor unserer Ehe und in den letzten Monaten kalt, distanziert und abweisend, ja manchmal geradezu aufmüpfig und jetzt, seit dem Tod meiner Familie, tief depressiv und betäubt ... ich wollte, dass er die eigentliche Josefine kennenlernte. Das wilde, lebenslustige Mädchen, das gerne auf Bäume klettert und für jeden Spaß zu haben ist. Die abenteuerlustig und überglücklich war.

Ich erzählte und erzählte, stundenlang, tagelang und Richard hörte zu. Er gab mir nie das Gefühl, als würde es ihn langweilen, er sah mich mit seinen funkelnden Augen intensiv an und schien jedes Wort von mir, egal wie trivial es war, in sich aufzusaugen.

Und in dieser Zeit verliebte ich mich in Richard, denn mir wurde bewusst, dass ich ihm nie eine Chance gegeben hatte. Ich hatte in ihm stets den Feind gesehen und mir nie die Mühe gemacht, mich dafür zu interessieren, wie er wirklich war.

Richard war nicht eingebildet, arrogant und egoistisch ... wahrscheinlich hatte er nach der Ankündigung unserer Eltern, uns zu verheiraten, genauso Angst gehabt wie ich und versucht eine Mauer um sich herum aufzubauen, genau wie ich es getan hatte.

Jetzt, da ich ihm die Chance dazu gab, lernte ich den echten Richard kennen, und dieser war ein toller Mann.

Das Zimmer, in das ich mich zum Trauern zurückgezogen hatte, wurde unser kleines Eiland. Längst redeten wir nicht mehr nur über meine Familie und meinen Verlust, sondern wir versuchten alles voneinander zu erfahren. Und je mehr ich von Richard erfuhr, und je besser ich ihn kennenlernte, desto mehr wurde mir bewusst, welch ein Glück meine Eltern eigentlich in mein Leben gebracht hatten.

Nach einer Nacht, die ich schlafend in Richards Arm geschmiegt verbracht hatte – er schlief schon einige Zeit wieder neben mir im Bett –, beschloss ich, meinem neuen Leben eine Chance zu geben.

Ich stand leise auf, duschte ausgiebig und überraschte Richard dann mit einem Frühstück, das ich ihm im Bett servierte.

Ich erklärte ihm, dass es mir wieder besser gehe und dass er ab sofort wieder arbeiten gehen solle. Und ich versprach ihm, dass ich einen kompletten Neubeginn wagen würde, ich würde versuchen wieder die alte Josefine zu werden und meine Ehe mit neuen Augen zu betrachten.

Er umarmte mich so fest, dass ich das Gefühl hatte, keine Luft mehr zu bekommen, und ich erwiderte seinen Liebesbeweis ebenso enthusiastisch.

An diesem Tag rief Richard in der Firma an und meldete sich wieder zurück, aber er bat mich, mir das Wochenende frei zu halten, denn er habe sich etwas ausgedacht.

Ich war neugierig, was er damit meinte, und konnte die Tage bis zum Wochenende kaum abwarten.

Am Samstagmorgen sagte er mir Bescheid, dass er kurz in die Firma müsse, ich mich aber schon einmal fertig machen könne.

Während er weg war, versuchte ich mich so hübsch wie möglich zurechtzumachen. Ich badete, cremte mich sorgfältig ein, dann frisierte ich mir meine Haare und zog mein hübschestes Kleid an. Es war leuchtend rot, mit weißen Tupfen und einem weit schwingenden Rock.

Anschließend drehte ich mich noch einmal vor dem Spiegel und tupfte noch ein wenig Parfüm auf meine Handgelenke und in die Halsbeuge.

Ich nahm gerade meine Handtasche, als es unten an der Tür klingelte. Ich fragte mich, wer das sein mochte. Hoffentlich keiner der redseligen Nachbarn, denn Richard müsste bald wieder da sein und ich freute mich schon auf seine geheimnisvolle Überraschung.

Ich eilte die Treppe hinunter, öffnete die Tür und starrte irritiert hinaus. Auf der Fußmatte stand Richard, in einem eleganten Anzug, keck mit Hut und überreichte mir einen riesigen Blumenstrauß.

Dann verbeugte er sich galant vor mir und sagte: „Guten Tag, wir kennen uns noch nicht. Mein Name ist Richard Byrnes, und ich freue mich außerordentlich, heute mit Ihnen ein Rendezvous zu haben, Miss Erickson.“

Er reichte mir die Hand und lächelte mich augenzwinkernd an.

Mir wurde warm und mein Herz fing an zu rasen, so als ob dies wirklich unser erstes Treffen wäre. Aber

eigentlich war es das ja auch. Wir waren zwar verheiratet, hatten aber nie ein Rendezvous gehabt.

Dies war der Moment, in dem ich noch tiefere Zuneigung zu Richard empfand.

Ich versuchte meinen Herzschlag zu beruhigen, indem ich ein paar Mal tief ein- und ausatmete, und dann
reichte ich Richard meine Hand. „Mr Byrnes, schön, Sie
kennenzulernen. Ich habe schon so einiges von Ihnen
gehört und ich freue mich, den Tag mit Ihnen verbringen zu dürfen.“

Es fällt mir schwer, den Tag, den Richard für uns geplant hatte, in Worte zu fassen, denn er war einfach unbeschreiblich. Dieser Mann hatte versucht all die Treffen, die wir eigentlich hätten haben sollen, an diesem
Tag zu vereinen.

Wir gingen romantisch Mittagessen, fuhren Boot auf
einem abgeschiedenen See, wir teilten uns ein Eis und
einen Milchshake und fuhren gemeinsam Rollschuh.

Dann, als es Abend wurde, brachte uns Richard in das
große Kino in der Nachbarstadt und wir schauten uns
zum ersten Mal Casablanca an. Während des ganzen
Films hielt er schüchtern meine Hand, ganz so, als wäre
es wirklich unser erstes Treffen. Er warf mir verstoh-
lene Blicke zu und dann, bei der Kussszene, beugte
auch er sich langsam zu mir herüber und küsste mich.

Sanft und zärtlich und mit nichts zu vergleichen war
dieser Kuss, er löste ein Feuerwerk in meinem Inneren
aus und ließ mich den ganzen Film vergessen. Für mich
gab es nur noch Richard, seine Hände, die sanft meine
Wangen umfassten, und seine Lippen, die so unendlich
süß schmeckten.

Und zum ersten Mal spürte ich Schmetterlinge in meinem Bauch und eine Wärme, die meinen ganzen Körper zu erfüllen schien.

Viele Monate war es her, dass ich gesagt hatte: „Ich werde dich lieben und ehren in guten wie in schlechten Tagen, in Krankheit und Gesundheit, bis dass der Tod uns scheidet."

Aber erst jetzt, in diesem Moment, glaubte ich die Worte, die ich dort vor dem Altar zu sprechen gezwungen gewesen war. Meine Liebe zu Richard war wie ein zartes Pflänzchen erblüht und ich war mir sicher, dass es sich zu etwas Großem und unglaublich Starkem entwickeln konnte. Denn mir wurde mehr und mehr bewusst, dass Richard etwas ganz Besonderes war.

Nachdem wir Casablanca zu Ende angesehen hatten, gingen wir nach Hause. Ich wollte gerade die Treppe hinaufsteigen, als er meine Hand ergriff und mich hinter das Haus zog. Unter einer großen Weide hatte er eine Decke ausgebreitet und bat mich, dort Platz zu nehmen, dann eilte er ins Haus und kam kurze Zeit später mit einem Korb wieder, den er anscheinend schon fertig gepackt und vor mir versteckt hatte. Er hatte an alles gedacht: Kerzen, einen Wein und sogar Kuchen hatte er besorgt für unser Mitternachtsmahl. Nachdem wir gegessen hatten, breitete er die Decke mitten auf der Wiese aus, legte sich darauf und sagte mir, dass ich zu ihm kommen solle. Er breitete einen Arm aus, ich kuschelte mich hinein und wir betrachteten den Sternenhimmel, während wir uns stundenlang unterhielten. Wir vertrauten uns Dinge an, die wir vorher noch nie jemandem gesagt hatten, sprachen über unsere Ängste, unsere Wünsche und unsere Hoffnungen.

Es war ein unvergesslicher Tag und er war der eigentliche Beginn unserer Ehe und unserer Liebe.

Wir wurden älter, bekamen drei wunderschöne Kinder und schließlich auch sechs entzückende Enkel.

Ich sage nicht, dass jeder Tag unserer Ehe in den letzten vierzig Jahren nur wunderschön gewesen ist. Egal wie groß die Liebe ist, es gibt immer Licht und Schatten, aber ich hätte sie mit keinem anderen Mann als Richard verbringen wollen.

Jedes Jahr an dem Tag unseres eigentlichen ersten Rendezvous sahen wir uns Casablanca an. Egal ob wir Stress auf der Arbeit hatten, die Kinder uns erschöpften oder es uns nicht gut ging, Casablanca war unser Anker. Wir sprachen den Text mit, hielten uns sanft an den Händen und am Ende des Films küssten wir uns mit der gleichen Intensität wie in dem Jahr zuvor.

Aber dann vor zwei Jahren änderte ein schlichtes und kurzes Wort unser gesamtes Leben: Alzheimer!

Alles, was Richard und ich miteinander erlebt hatten, das Leben mit all seinen Höhen und Tiefen, das wir gemeinsam geteilt hatten, wurde für ihn bedeutungslos.

Nach und nach radierte die heimtückische Krankheit mehr und mehr von unserem Leben aus Richards Geist.

Richard leidet unter einer ganz besonders aggressiven Form der Erkrankung und es dauerte nur entsetzlich kurze Zeit, bis er alles, was ihn ausmachte, vergaß. Er vergaß, was er für ein Mensch ist, seine Kinder und Enkel und letztendlich sogar mich.

Ich wollte es nicht wahrhaben, ich wollte dagegen ankämpfen, aber ich hatte keine Chance. Ich pflegte Richard, solange es ging, zu Hause, aber irgendwann funktionierte es einfach nicht mehr. Er verschwand nachts aus dem Haus, er wurde aggressiv und schlug nach mir, weil er mich nicht mehr als seine Frau erkannte.

Und vor einem halben Jahr sind wir schließlich hierhergezogen. Meine Kinder meinten, ich sei verrückt, ich solle doch zu Hause leben und nur Richard ins Heim „geben", aber was soll ich dort alleine?

Richard ist mein Zuhause, er ist alles, was ich will. Wenn er nicht da ist, ist unser Haus kein Zuhause mehr. Auch wenn er mich nicht erkennt, so will ich doch jeden Tag, solange es geht, an seiner Seite verbringen. „In Krankheit und Gesundheit, in guten wie in schlechten Tagen", das habe ich ihm einst versprochen und dieses Versprechen werde ich halten. Ich werde für ihn da sein, so wie er für mich da war, als meine Familie gestorben ist.

Er ist alles, was ich will, und alles, was ich brauche. Ich will nicht lügen, es ist nicht leicht und manchmal zerreißt es mir das Herz, dann möchte ich ihn schütteln und ihn anschreien, dass er mich doch bitte, bitte wiedererkennen soll.

Er ist mittlerweile so verwirrt, dass er mich nicht mehr erkennt, wenn er aufwacht, deshalb haben wir beide Einzelzimmer und ich habe meinen Mädchennamen angenommen, damit er nicht noch mehr durcheinandergebracht wird. Tagsüber bin ich einfach nur eine nette Mitbewohnerin, die gerne Zeit mit ihm verbringt und die sich genauso einsam und alleine fühlt wie er. Wir reden über alltägliche Dinge, über das Wetter, über das, was es zu essen gab, aber selbst das genieße ich.

Aber es gibt 102 Minuten jeden Tag, auf die ich sehnsüchtig warte, es sind die 102 Minuten, die meinen Tag lebenswert machen und die mir wie ein Geschenk Gottes vorkommen. Sie sind unendlich wertvoll und das Schönste, was man sich vorstellen kann.

Denn jeden Tag, sobald das Fernsehzimmer leer ist, spreche ich mit dem Pflegepersonal und dann schauen Richard und ich gemeinsam Casablanca.

Und sobald der Film startet, wird Richard wieder zu dem Mann, den ich seit vierzig Jahren so sehr liebe. Sein Gesicht entspannt sich, all sein Kummer ist vergessen und er schaut mit großen Augen den Film. Es wirkt, als würde er sich wieder in den Jungen zurückverwandeln, der einst in diesem dunklen Kino ängstlich und zärtlich zugleich meine Hand ergriffen hat.

Diese schreckliche Krankheit hat aus meinem liebevollen und einzigartigen Mann eine leere Hülle gemacht, aber in diesen Minuten des Films, lacht er und weiß alles. Er spricht jeden Satz ganz automatisch mit. Die Ärzte glaubten mir das Ganze nicht, bis ich es ihnen vorführte. Sie sagten, es sei unmöglich, denn das Gehirn sei nicht mehr in der Lage, die Worte des Films zu speichern, und ich erwiderte: „Es liegt daran, dass Richard diese Worte nicht aus seinem Kopf, sondern aus seinem Herzen fließen lässt.“

Er schaut mich an, mit diesem wahnsinnig tiefen Blick, der mir auch heute noch weiche Knie beschert, und er weiß jedes einzelne Wort dieses Films.

Und an manchen Tagen, wenn die Abschiedsszene über den Bildschirm flackert, da beugt er sich vor, umschließt mit seinen Händen mein Gesicht, flüstert meinen Namen und schenkt mir einen langen zärtlichen Kuss.

Das sind die Momente, für die ich lebe. In denen mein Herz von so viel Liebe erfüllt ist, dass ich das Gefühl habe, es müsse zerbersten.

Wenn der Film geendet hat, dann schaut er mich mit leeren Augen an und ich bin wieder die Fremde. Aber das macht nichts. Denn ich weiß, unsere Liebe ist stark genug, um ihn immer wieder zurückzuholen, unsere Erinnerungen sind stärker, als jede Krankheit es je sein wird.

Es ist nicht viel, was mir geblieben ist, aber diese 102 Minuten jeden Tag, lassen mich weiterleben und weiterhoffen. Und wenn es einer dieser Tage ist, in denen er mich erkennt, in denen alles, wie früher ist, könnte ich tanzen und vergesse all die traurigen Momente.

Solange Gott mir diese 102 Minuten pro Tag schenkt, bin ich zufrieden. Denn das gehört zur Liebe dazu ... in guten wie in schlechten Zeiten, in Krankheit und Gesundheit ..." Josefine atmete schwer und strich mit dem Finger über ein gerahmtes Bild in ihrer Nähe, das ihre Familie glücklich lächelnd zeigte, zu einer Zeit, als diese heimtückische Krankheit nur ein Wort und nicht Bestandteil ihrer Ehe gewesen war.

Charlotte schrieb hastig in ihr Notizbuch, zum einen, weil sie auf keinen Fall etwas vergessen wollte und zum anderen, um Josefine nicht die Tränen sehen zu lassen, die bei ihrer Erzählung unweigerlich über Charlottes Gesicht gelaufen waren.

Wenn diese Liebesgeschichte schon sie zu Tränen rührte und ihr Josefine so leidtat, wie musste es dann erst für Josefine selbst sein? Wie musste es sein, einen

Mann zu haben, der sie fast nie erkannte, allein zu leben und einzuschlafen, obwohl man doch seit vierzig Jahren verheiratet war?

Und wie unermesslich groß musste die Angst sein, dass ihr Mann sie eines Tages gar nicht mehr erkennen würde ... dass er Casablanca schauen würde und nicht ihre Hand ergriff, dass die Krankheit die Textzeilen aus seinem Gehirn geraubt hatte? Charlotte glaubte nicht, dass jemand, der nicht davon betroffen war, sich diese Qual vorstellen konnte.

Aber eines wusste sie ganz sicher, diese Geschichte würde nicht nur sie, sondern auch jeden einzelnen Leser zu Tränen rühren. Josefines Geschichte bewies, dass wahre Liebe unermesslich stark und fähig war, alles zu besiegen, selbst schreckliche Krankheiten. Sie schaffte es, Menschen so miteinander zu verweben, dass sie für immer untrennbar miteinander verbunden waren; selbst wenn ihnen die Erinnerungen an alles geraubt wurden, die Liebe erkannten und fühlten sie dennoch.

Charlotte beendete ihre Aufzeichnungen und wischte sich danach unauffällig die Tränen vom Gesicht.

Sie wollte gerade etwas sagen, als eine andere Pflegerin hereinkam und Josefine mitteilte, dass sie Besuch von ihren Kindern bekommen habe, die jetzt im Aufenthaltsraum auf sie warteten.

Josefine sah Charlotte an, und diese sagte: „Kein Problem, gehen Sie ruhig zu Ihren Kindern, wir sind ja fertig. Ich habe mir alle Notizen gemacht und muss sie zu Hause nur noch als Geschichte ausarbeiten.“

„In Ordnung. Und war die Geschichte so, wie Sie es erwartet hatten?“, fragte Josefine und sah sie aufmerksam an.

Charlotte schüttelte den Kopf. „Nein, mit so etwas hätte ich nicht gerechnet und ich bewundere Sie für das, was Sie tun und worauf Sie Ihrem Mann zuliebe verzichten."

Josefine schwieg einen Moment, bevor sie sagte: „Das ist es, was ich meinem Mann vor über vierzig Jahren versprochen habe. Was wäre ich für ein Mensch, wenn ich mein Versprechen brechen würde, nur weil Wolken über unseren strahlend blauen Himmel gezogen sind? Was wäre die Alternative? Ein Leben ohne ihn, in einem Haus ohne ihn?

Eine Welt, in der Richard für mich nicht existiert, wäre eine Welt, in der ich nicht leben wollte. Selbst wenn er mich eines Tages nicht mehr erkennen würde, und sich an unsere Liebe nicht mehr erinnern würde, würde *ich* es wissen! Ich würde in seiner Nähe bleiben, Zeit mit ihm verbringen und meine Liebe würde eben für uns beide reichen müssen."

Die Pflegerin, die die Emotionalität des Ganzen überhaupt nicht verstand, drängte Josefine zum Aufbruch und deshalb verabschiedete sich die alte Dame von Charlotte.

Wenn sie ehrlich war, war sie ganz froh darum, denn Charlotte wusste beim besten Willen nicht, was sie dazu sagen sollte. Sie war zutiefst berührt von dem, was diese ihr erzählt hatte, aber gleichzeitig, war sie nicht in der Lage, sich vorzustellen, was diese empfand. Denn eine so tiefe, allumfassende Liebe wie diese hatte Charlotte noch niemals in ihrem Leben auch nur annähernd erlebt.

CHARLOTTE

Als sie abends neben Danny auf der Couch saß, konnte sie Josefines Geschichte einfach nicht verdrängen. *Lag es einfach an der damaligen Zeit, oder gab es solch eine große Liebe und Aufopferung heutzutage auch heute noch?*

Würde auch Danny sie pflegen und sich mit solcher Hingabe darum bemühen, dass sie die Liebe zwischen ihnen nicht vergaß?

Oder würde er den einfachen Weg wählen, sie verlassen oder in ein Heim abschieben?

Bis vor einiger Zeit war sie sich sicher gewesen, dass sie beide sich aufrichtig liebten, aber in den letzten Monaten hatte sie das Gefühl, dass sie sich mehr und mehr voneinander entfernten.

Danny wirkte so, als wollte er nicht mehr an ihrem Leben teilhaben und sich Schritt für Schritt zurückziehen.

Andauernd ging er nach der Arbeit mit Freunden in die Kneipe oder zum Sport. Er brauche das als Ausgleich zum Job, hatte er gesagt.

Sie war sogar bereit gewesen, ebenfalls ins Fitnessstudio einzutreten, nur damit sie Zeit miteinander verbringen konnten, aber er hatte sie höflich abgewimmelt. Und sie würde ihm bestimmt nicht hinterherrennen und sich aufdrängen.

Also saß sie abends andauernd allein zu Hause. Durch das Schreiben des Romans wurde ihr nicht langweilig, aber es war trotzdem traurig, dass Danny nicht da war.

Auch jetzt, da sie zusammen einen Film schauten, war Danny nicht wirklich anwesend. Natürlich, er saß neben ihr, aber es war anders als früher. Früher hatte er den Kontakt zu ihr gesucht. Er hatte seinen Arm um sie geschlungen und sie hatte sich hineingekuschelt oder hatte ihre Füße auf seinen Schoß gelegt und er hatte sie sanft massiert. Sie konnte schlecht beschreiben, was es war, es war ein Verlust der Nähe, der Wärme … und das fehlte ihr unglaublich. Mittlerweile fläzte er sich einfach nur in eine Couchecke, wo früher sie gelegen hatte, lag jetzt eine Tüte Chips, die er in sich reinstopfte, und bevor der Film zu Ende war, war er meist schon eingeschlafen.

Das bedeutete, selbst wenn er da war, war er eigentlich nicht wirklich da. Auch abends im Bett hatte er keine Lust mehr, sich wie früher zu unterhalten, sondern wollte sofort schlafen.

Jeden Tag wirkte er vollkommen erschöpft und ausgelaugt, aber daran war er schließlich selbst schuld. Es zwang ihn keiner, in Kneipen oder ins Fitnessstudio zu gehen. Liebend gerne würde sie sich abends wieder hinstellen und ein gemeinsames Essen für sie beide kochen.

Dafür würde sie sogar Prioritäten setzen, und abends länger aufbleiben, um erst danach an ihrem Roman zu schreiben. Aber sie hatte mittlerweile das Gefühl, dass Danny darauf gar keinen Wert mehr legte.

Als sie zu ihm hinübersah, bemerkte sie, dass er schon wieder tief und fest schlief. Sie überlegte, ob sie den

Film allein zu Ende schauen sollte, aber die Lust darauf war ihr gründlich vergangen. Also seufzte sie, nahm die Chipstüte von Dannys Bauch und legte sie auf den Couchtisch. Anschließend schaltete sie den Fernseher aus und beschloss, noch ein wenig an ihrem Roman zu arbeiten.

Und während sie von Josefines einzigartiger Liebe schrieb, träumte sie davon, dass sich ihr schnarchender, Chips verkrümelter Frosch vielleicht auch irgendwann in einen Prinzen verwandeln würde.

MRS ABIGAIL WINTERS UND KENNETH OLDMAN

Mrs Winters war Charlotte von einer anderen Heimbewohnerin als Gesprächspartnerin empfohlen worden, und sie wunderte sich, dass Charlotte sie gar nicht kannte. Sie war zwar nicht in ihrem Haus untergebracht, aber durch die anderen Kollegen sagten einem die Namen oft trotzdem irgendetwas. Das konnte nur bedeuten, dass Mrs Winters noch nicht sehr lange Gast in diesem Pflegeheim war.

Sie hatte aber sowohl von der anderen Frau als auch vom Pflegepersonal gehört, dass Mrs Winters eine ganz bezaubernde alte Dame war und das, obwohl es ihr gesundheitlich nicht gut ging und sie unter vielen Einschränkungen litt.

Mrs Winters hatte vor anderthalb Jahren einen schweren Schlaganfall erlitten. Sie war eine Kämpferin und in langwieriger Physiotherapie hatte sie die Bewegungsfähigkeit ihrer Arme und Hände wieder zurückgewonnen, und wenn sie sprach, zeugte nur noch ein ganz leicht verwaschener Unterton von dem, was sie durchlitten hatte. Aber ihre Beine waren leider seitdem gelähmt und sie war deshalb auf einen Rollstuhl angewiesen. Doch im Gegensatz zu vielen anderen Senioren, die stets schlecht gelaunt schienen, obwohl es ihnen noch verhältnismäßig gut ging, war Mrs Winters laut der Aussage der Pflegerinnen stets gut gelaunt und freundlich.

Heute war es auf der Arbeit so stressig gewesen, dass Charlotte den ganzen Tag keine Zeit gefunden hatte, um Mrs Winters einen Besuch abzustatten. Da sie das Buch aber so schnell wie möglich schreiben wollte, hatte sie beschlossen, die Dame nach ihrer Arbeitszeit zu besuchen. Schließlich wollte sie ihren „Hauptcharakteren" mit der Veröffentlichung ebenfalls eine Freude bereiten und ihnen zeigen, wie außergewöhnlich sie waren. Sie wollte nicht, dass das Buch erst nach deren Tod erschien. Das sollte nicht makaber gemeint sein, aber dies war ein Pflegeheim und alle Bewohner waren alt und viele von ihnen noch dazu krank und bettlägerig. Wenn sie ein paar Jahre brauchte, um den Roman zu schreiben und es dann noch ein paar Jahre dauerte, bis ein Verlag es veröffentlichte, waren viele dieser wunderbaren und einzigartigen Menschen vielleicht nicht mehr da, um diesen großen Tag mitzuerleben.

Deshalb war sie auch gerne bereit, morgens oder abends nach der Arbeit daran zu arbeiten. Und sie glaubte nicht, dass sie Danny so unglaublich fehlen würde, wenn sie ein paar Stunden später nach Hause kam. Außer dem fehlenden Abendessen würde ihm wahrscheinlich gar nicht auffallen, dass sie nicht da war. Und selbst wenn sie nach der Arbeit noch für ihr Buch Geschichten sammelte, war sie die meiste Zeit trotzdem noch vor ihm zu Hause, da er in letzter Zeit regelmäßig mit seinen Kumpels nach Feierabend einen trinken ging.

Charlotte atmete mehrmals tief ein und aus, um sich von den negativen Gedanken zu befreien und klopfte dann an Mrs Winters Zimmertür, schließlich wollte sie einen Roman rund um die wahre Liebe schreiben, eine Art Manifest und dafür war ihre Beziehung zu Danny momentan wirklich kein gutes Beispiel. Im Gegenteil, je mehr wunderbare und rührende Liebesgeschichten sie hörte, umso trostloser kam ihr ihre eigene Beziehung vor.

Es dauerte nicht lang und ein leises „Herein" ertönte.

Mrs Winters saß neben dem Bett in ihrem Rollstuhl und ließ gerade ein Buch sinken.

„Oh, *Eine Weihnachtsgeschichte* ... ich liebe dieses Buch. Ich habe es bestimmt schon fünf Mal gelesen", sagte Charlotte.

Mrs Winters warf ihr ein breites Lächeln zu. „Ja, Mr Dickens verstand es, Geschichten zu erzählen. Ich lese *A Christmas Carol* jedes Jahr zur Weihnachtszeit, seit ich ein kleines Mädchen war, aber ich liebe auch all seine anderen Bücher", entgegnete sie und deutete dann mit dem Finger auf ein schweres Bücherregal aus Mahagoni, das den ganzen Raum dominierte.

Charlotte trat näher und ließ den Blick begeistert über Mrs Winters' Bücher schweifen. Sie hatte recht, Charles Dickens schien wirklich einer ihrer Lieblingsautoren zu sein. Eine ganze Regalreihe war seinen Werken gewidmet und es handelte sich dabei ausnahmslos um wunderschöne, in Leder gebundene Ausgaben, die bestimmt schon einige Jahre auf dem Buckel hatten. Vorsichtig ließ Charlotte ihre Finger über die glatten Buchrücken streifen und studierte die Titel. *Oliver Twist, David Copperfield, Nicholas Nickleby, Eine*

Geschichte von zwei Städten, es fehlte wirklich keiner von Dickens Bestsellern.

„Eine tolle Sammlung haben Sie da, Mrs Winters“, meinte Charlotte bewundernd.

„Danke schön, aber sagen Sie doch Abigail zu mir.“

„Gern, Abigail. Jetzt war ich so fasziniert von Ihren Büchern, dass ich ganz vergessen habe, Ihnen den Grund für mein Kommen zu nennen. Mein Name ist Charlotte und ich bin gerade dabei, in meiner Freizeit einen Roman über wahre Liebesgeschichten zu schreiben. Deshalb frage ich immer wieder Bewohner, ob sie vielleicht Interesse haben, mir ihre ganz persönliche Liebesgeschichte zu verraten, damit Sie ein Teil meines Buches werden können. Und Ihre Freundin Meredith hatte gemeint, dass ich Sie ruhig einmal fragen könnte.“

Abigail schenkte ihr ein warmes Lächeln. „Sicher kann ich Ihnen erzählen, was ich in der Liebe erlebt habe, Schätzchen, aber ich bin mir nicht sicher, ob das etwas für Ihr Buch ist, wissen Sie. Es ist keine klassische Märchenprinz-Geschichte, die die Leute so sehr hören möchten. Mein Leben beziehungsweise meine Geschichte entspricht nicht so sehr Norm, Kindchen, wissen Sie?“

Charlotte hatte angebissen, sie war neugierig, was Mrs Winters zu erzählten hatte.

„Das macht nichts, Abigail. Ich habe schon einige unglaubliche Geschichten für meinen Roman gesammelt und viele entsprechen nicht der üblichen „Liebes-Norm“. Gerade das ist es doch, was den Roman lebendig und zu etwas Besonderem macht. Wenn alle Geschichten und alle Lieben gleich wären, würde das Buch doch unglaublich langweilig werden und man hätte nach ein paar Geschichten keine Lust mehr weiterzulesen. Glauben Sie mir, ich habe schon wirklich außergewöhnliche Liebespaare für meinen Roman gefunden. Und ich würde mich sehr freuen, wenn auch Sie mir Ihre Geschichte erzählen würden. Ich muss zugeben, Sie haben mich sehr neugierig mit Ihren Andeutungen gemacht, und ich würde gerne erfahren, was Ihre Liebesbeziehung so außergewöhnlich macht."

Abigail antwortete lächelnd: „In Ordnung, Sie haben mich überzeugt, ich werde Ihnen meine Geschichte erzählen, aber Sie müssen sich darüber im Klaren sein, dass Sie dann eine der wenigen sind, die die ganze Wahrheit kennen. Wie ich schon angedeutet habe, ist meine Liebesbeziehung etwas nicht Alltägliches, und ich weiß, dass es immer noch genug Leute gibt, die sie auch jetzt noch kritisch sehen würden. Nicht mehr so viele wie früher, die Zeiten haben sich Gott sei Dank geändert, aber gerade in den Kreisen hier, wo die Menschen älter sind, sind oft auch die Moralvorstellungen noch antiquarisch." Abigail stieß ein leises Lachen aus. „Mein Gott, ich schweife schon wieder gehörig vom Thema ab, und Sie wissen immer noch nicht das Geringste. Wahrscheinlich denken Sie gerade, ich bin mit einem Massenmörder verheiratet oder Ähnliches. Es tut mir leid Schätzchen, wenn man älter ist, neigt man immer mehr zum Schwafeln."

Charlotte kicherte. „Kein Problem, Abigail. Lassen Sie sich so viel Zeit wie möglich und erzählen Sie die Geschichte genauso, wie Sie es möchten. Ich habe Zeit."

Abigail bewegte ihren Rollstuhl zu einem kleinen Tischchen herüber und holte etwas aus einer

Schublade heraus, dann rollte sie zu Charlotte herüber und überreichte es ihr.

Charlotte erkannte, dass es sich um eine Autogrammkarte handelte. Es war eine von den älteren ... vorne war ein Hochglanzfoto des Künstlers in Schwarz-Weiß abgebildet, und wenn man die Karte umdrehte, fanden sich dort die wichtigsten Infos des Stars. In diesem Fall der berühmten Leinwandlegende Kenneth Oldman.

Charlotte studierte die Karte aufmerksam und sah dann fragend zu Abigail. *Warum zeigte sie ihr jetzt diese Karte?*

„Das da ist mein Mann Kenneth", erklärte Abigail.

„Kenneth Oldman ist *Ihr* Mann? *Der* Kenneth Oldman, die Leinwandlegende, der Star von *Rendezvous um Mitternacht?*"

Abigails Augen fingen an zu strahlen. „Ja, genau *der* ist mein Mann. Das ist auch der Grund, warum ich hier bin. Kenneth hat eine Filmrolle angeboten bekommen, die einfach viel zu gut zum Ablehnen ist. Sie ist ihm wie auf den Leib geschneidert. Aber seit meinem Schlaganfall hat Kenneth alle Rollenangebote geblockt, um mir zur Seite zu stehen und sich um mich zu kümmern. Aber das konnte ich dieses Mal nicht zulassen. Ich habe gesehen, wie sein Gesicht geleuchtet hat, als er sich die Rollenbeschreibung und den Film durchgelesen hat. Wissen Sie, er ist schon so unglaublich lange im Geschäft und irgendwann werden die Rollenangebote weniger, neue talentierte Schauspieler rücken nach. Wer weiß, vielleicht ist dies der letzte große Film, in dem er mitspielen kann ... sein Vermächtnis sozusagen. Ich konnte nicht zulassen, dass er sich diese einmalige Chance nur wegen der Gebrechen einer alten Frau entgehen lässt. Deshalb habe ich mich erkundigt und mir wurde dieses Heim hier wärmstens empfohlen. Ich habe mit der Leiterin gesprochen und geklärt, dass ich für ein paar Wochen, oder Monate, je nachdem, wie lange die Dreharbeiten dauern, hierbleiben werde. So ist immer jemand da, wenn ich Hilfe brauche, ich bin nicht alleine und Kenneth kann den Film trotzdem drehen, ohne ein schlechtes Gewissen haben zu müssen."

Charlotte musste zugeben, dass sie beeindruckt war. Das war genau das, was sie den Leuten immer wieder sagte, wenn sie ihr erklärten, dass Senioren doch langweilig wären und nichts zu erzählen hätten, weil sie ein absolut ereignisloses Leben führen. Hier vor ihr saß die Ehefrau einer berühmten Leinwandlegende, die Dutzende Filmklassiker gedreht hatte, und berichtete ihr, ganz nebenbei, aus dem Leben der beiden. Sie konnte es einfach nicht glauben. Und diese Frau, war bereit, die Liebesgeschichte zwischen ihr und diesem Star exklusiv für ihr Buch zu erzählen. Wenn dieser Roman kein Bestseller wurde, dann wusste sie auch nicht.

Charlotte fiel plötzlich auf, dass sie so in Gedanken versunken gewesen war, dass sie Abigail Winters schon eine ganze Weile anstarrte, ohne etwas zu sagen.

Sie räusperte sich mehrmals und fragte dann: „Wie lange kennen Sie beide sich denn schon?"

Abigail stieß ein Lachen aus, das sie unglaublich jung klingen ließ. „Seit wir junge Hüpfer waren." Sie rollte abermals zu dem kleinen Tischchen und holte dieses Mal ein zusammengefaltetes Blatt heraus, das sie Charlotte überreichte, als sie den Rollstuhl wieder zurück zu ihr manövriert hatte. Charlotte sah, dass das Papier schon sehr verblichen und die gefalteten Kanten unglaublich brüchig waren, deshalb faltete sie es so behutsam wie nur möglich auf. Es handelte sich um ein Kino-Aushangplakat, wie sie schnell erkannte. Es kündigte einen alten Schwarz-Weiß-Liebesfilm namens *Unser einziger Kuss* an und die Hauptrollen wurden gespielt von Kenneth Oldman und … Abigail Winters!

„Sie waren auch eine berühmte Schauspielerin?", fragte Charlotte fassungslos.

„Nicht halb so berühmt wie mein Mann, denn sonst würden Sie meinen Namen heute auch noch kennen. Ich war nicht schlecht, ich hatte durchaus Talent, aber es gab da ein Ereignis, das dazu geführt hat, dass ich die Schauspielerei an den Nagel gehängt habe."

Charlotte strich mit den Fingern sanft über das poröse Papier. „Sie beide waren wunderschön. Ein Traumpaar. Sie geben ein bezauberndes Film-Liebespaar ab."

„Das liegt daran, dass ich mich während der Dreharbeiten Hals über Kopf in Kenneth verliebt habe. Dieser Blick auf dem Foto ist also nicht gespielt, sondern ein Ausdruck von liebestollem Anhimmeln", entgegnete Abigail augenzwinkernd.

„Damals war die Branche noch nicht so unglaublich groß wie heute, und wenn man in derselben Stadt lebte, dann lief man sich als Schauspieler zwangsläufig immer wieder einmal über den Weg. Deshalb kannten wir uns schon eine Weile, bis wir das Angebot bekamen, in demselben Film mitzuspielen. Aber wissen Sie, es ist etwas völlig anderes, sich während Vorsprechterminen, Proben und Ähnlichem über den Weg zu laufen, als einen gemeinsamen Film zu drehen. So etwas ist intimer und man kommt sich zwangsläufig näher, gerade bei

Liebesfilmen. Natürlich bemüht man sich um ein professionelles Auftreten und weiß, dass das, was man spielt, nicht echt ist. Aber es gibt immer wieder lange Pausen zwischen den Drehsequenzen, in denen man sich unterhält und mehr übereinander erfährt und ich merkte schnell, dass Kenneth ein unglaublicher Mann war."

„Und bei den Dreharbeiten wurden Sie dann ein Paar?", fragte Charlotte neugierig.

„Nein, obwohl ich Kenneth unglaublich fand, wurden wir kein Liebespaar. Aber es entstand bei den Dreharbeiten eine Freundschaft zwischen uns, die auch nach dem Ende des Films nicht endete. Kenneth war ein wunderbarer Zuhörer und er hatte die besondere Gabe, sich stets in mich hineinversetzen zu können. Egal, was ich für Probleme hatte, er war stets zur Stelle und half mir. Er war sich für nichts zu schade, er ging mit mir shoppen, beriet mich bei der Kleiderwahl, schaute abends, wenn ich einsam war, die schnulzigsten Liebesfilme mit mir und hörte sich mein Gejammere über andere Männer an. Er konnte sich perfekt in mich als Frau hineinversetzen und beschwerte sich nie, dass ich ihn mehr wie eine beste Freundin als wie einen Mann behandelte. Und die Verliebtheit, die ich anfangs empfunden hatte, wandelte sich irgendwann in richtige Liebe. Aber ich wusste partout nicht, wie ich den Sprung vom besten Freund zu einem Liebespaar anstellen sollte. Manche Leute sagen, es gibt bei so etwas ein gewisses Zeitfenster, und wenn man den Zeitpunkt verpasst hat, dann bleibt man für immer nur Freunde. Und das war das Problem: Kenneth war der wichtigste Mensch in meinem Leben geworden, der Einzige, mit dem ich über alles reden konnte und der mich verstand, und ich hatte unglaubliche Angst, dass ich ihn ganz verlieren würde, wenn ich versuchen würde, unsere Freundschaft zu einer Liebesbeziehung auszuweiten. Denn Kenneth war zwar unglaublich lieb zu mir, hatte aber nie Andeutungen gemacht, dass seine Gefühle darüber hinausgingen.

Also machte ich im Laufe der Zeit einige vorsichtige Annäherungsversuche, aus denen ich mich notfalls humorvoll herausreden konnte, um unsere Freundschaft nicht zu gefährden. Ich rückte beim Filmeschauen unauffällig nah an ihn heran, wenn ich ihm etwas erzählte, näherte ich mich mit meinem Gesicht seinem ... Dinge, auf die er reagieren könnte, wenn er das Gleiche für mich empfand, die aber eben nicht allzu offensichtlich und eindeutig waren.

Aber Kenneth schien offensichtlich nicht dasselbe zu empfinden wie ich. Also beschloss ich, ihn als das zu schätzen, was er war – der beste Freund, den man sich wünschen konnte – , und stattdessen nach meinem Traummann zu suchen.

Ein Jahr später lernte ich bei einer Filmgala einen unglaublich gut aussehenden Schauspieler namens Glenn Wade kennen und es funkte sofort zwischen uns. Er war charmant, witzig und unglaublich redegewandt. Während der ganzen Gala hatte er nur Augen für mich. Wir tanzten, wir tranken und unterhielten uns bei Kerzenschein an einem kleinen Tisch, der ein wenig abseits der Menge stand.

Das Erste, was ich tat, als ich wieder zu Hause war, war, Kenneth anzurufen und ihm in allen Einzelheiten davon zu erzählen. Er freute sich aufrichtig für mich und löcherte mich stundenlang mit Fragen. Nachdem wir ein paar Wochen ausgegangen waren, lud ich die beiden zum Essen ein, damit sie sich kennenlernten, und ich war glücklich, dass sie sich auf Anhieb gut verstanden. Durch den Schauspielberuf hatten wir alle genügend gemeinsame Gesprächsthemen ... dieselben Bekannten, Filme, für die in Zukunft Darsteller gesucht wurden, Anekdoten aus früheren Dreharbeiten.

Und dann eines Abends, als Glenn weit weg bei Filmaufnahmen war und ich den Tag mit Kenneth verbrachte, vertraute er mir spätabends bei einer Flasche Wein in seiner Wohnung sein allergrößtes Geheimnis an.

Es war nicht so, dass Kenneth mich nicht mochte, oder mich nicht für hübsch hielt, er sagte mir, ich sei die bezauberndste Frau, die er jemals kennengelernt hatte, aber trotz allem könnte es nie eine Beziehung zwischen uns geben. Er habe im Laufe der Zeit gemerkt, dass ich Gefühle für ihn entwickelt und Annäherungsversuche gestartet hätte, er sei ja nicht auf den Kopf gefallen. Und er habe sich auch sehr geschmeichelt gefühlt, aber Kenneth habe noch nie so empfunden. Nicht nur mir gegenüber, sondern allen Frauen, sein Leben lang. Er stellte sich unbeholfen an, stotterte und redete um den heißen Brei herum und so dauerte es eine ganze Weile, bis bei mir der Groschen fiel und ich verstand, was er mir die ganze Zeit zu sagen versuchte ... Kenneth war homosexuell!

Ich weiß, heute würden Sie mit den Schultern zucken und sagen: Und was kam als Nächstes? Aber damals, das war eine ganz andere Zeit. In dieser Zeit, gab es das Schwulsein offiziell gar nicht, niemand sprach jemals darüber, und wenn so etwas herauskam, passierte es nicht selten, dass der Junge von seiner Familie verstoßen wurde. Ein schwuler Schauspieler und das auch noch in romantischen Filmen war absolut skandalös und undenkbar. Wäre das bekannt geworden, wäre Kenneth' Karriere von jetzt auf gleich beendet gewesen.

Ich selbst habe nie zu dieser Art von Menschen gehört, die sich anmaßen, über andere Leute zu urteilen oder meinen, bestimmen zu können, wer wen lieben darf, und das sagte ich Kenneth auch. Mir war es vollkommen egal, ob er homosexuell war oder nicht, denn er war doch immer noch der Mensch, den ich liebte und der mir so ans Herz gewachsen war.

Wenn überhaupt, verspürte ich Erleichterung darüber, dass ich nun wusste, warum er mich abgewiesen hatte. Ich war so traurig gewesen und hatte mich gefragt, warum Kenneth meine Gefühle nicht erwiderte. War ich nicht hübsch genug, nicht intelligent, kein liebenswerter Mensch? Jetzt war mir klar, dass es nicht an mir lag. Außerdem wusste ich nun, wie viel ich Kenneth bedeutete, wenn er mir das größte Geheimnis seines Lebens anvertraute; ein Geheimnis, das er noch mit niemandem sonst geteilt hatte.

Ich war unendlich dankbar, dass mir schon in so jungen Jahren, so viel Glück geschenkt wurde. Einen wirklich einzigartigen Freund, ein toller zukünftiger Ehemann, und auch meine Schauspielkarriere lief sagenhaft. Ich war ein aufgehender Stern am Filmindustriehimmel."

Charlotte unterbrach sie: „Ich muss zugeben, ich bin verwirrt, ich dachte, Sie und Kenneth wären verheiratet."

Abigail sah Charlotte nachsichtig an: „Sie müssen lernen, Geduld zu haben, Kindchen. Lassen Sie mich meine Geschichte weitererzählen.“

Charlotte wurde rot vor Verlegenheit. „Entschuldigung, natürlich, erzählen Sie weiter. Ich wollte Sie nicht unterbrechen.“

Sie vertiefte sich wieder in ihr Notizbuch, in dem sie Abigails Geschichte in kurzen Stichworten zusammenfasste, um sie später ausführlich in ihren Roman einzuarbeiten.

Abigail schloss kurz die Augen, knetete ihre ineinander verschränkten Finger und fuhr fort: „Alles war perfekt, ich war auf dem Weg, ein großer Filmstar zu werden, und konnte mich vor Angeboten kaum retten, hatte zwei wunderbare Männer in meinem Leben und dann passierte etwas, was mein Leben von einem Tag auf den anderen komplett umkrempelte und veränderte: Ich wurde schwanger!

Als ich es erfuhr, war ich hin- und hergerissen. Einerseits war die Vorstellung, Mutter zu werden, wunderschön und ich hatte mir immer Kinder gewünscht, aber der Zeitpunkt, war der denkbar ungünstigste. Ich hatte eine große Karriere vor mir und wusste, dass ich diese mit einem Kind nicht so weiterführen konnte, denn wenn, wollte ich auch für das Baby da sein. Es sollte nicht von Kindermädchen großgezogen werden, während seine Mutter Filme drehte oder auf Galas ging. Dazu kam noch der Punkt, dass Glenn und ich erst ein paar Monate zusammen waren und es eigentlich mit dem Heiraten nicht so eilig gehabt hatten. Die Nachricht, dass ich schwanger war, würde ein ganz schöner Schock für ihn werden. Ich verbrachte einige schlaflose

Nächte und versuchte mir mein neues zukünftiges Leben vorzustellen, das so anders war, als ich es eigentlich geplant hatte. Ich beschloss, das Ganze positiv zu sehen und an einen Spruch zu denken, den meine Mutter immer gesagt hatte: *Leben ist das, was passiert, während du Pläne machst!*

Natürlich war der Zeitpunkt nicht toll, aber ich wollte Kinder und vielleicht hatte Gott für mich vorhergesehen, dass ich eine bessere Mutter als eine Filmschauspielerin werden würde.

Ich wusste immer noch nicht, wie ich es Glenn beibringen sollte, und so entschied ich mich dafür, es als Erstes dem Menschen zu sagen, dem ich am meisten auf der Welt vertraute, und von dem ich hoffte, dass er mich immer so mögen würde, wie ich war, egal, was in meinem Leben gerade passierte.

Es ist mittlerweile so lange her und trotzdem erfüllt sich mein Herz auch jetzt noch mit Freude und Liebe, wenn ich daran denke, wie sehr Kenneth sich mit mir gefreut hat. Er fand es wunderbar, dass ich ein Baby bekam, und versicherte mir augenblicklich, dass ich bestimmt eine hervorragende Mutter werden würde. Er schaffte es innerhalb kürzester Zeit, all meine Sorgen einfach wegzuwischen, all meine Zweifel auszuräumen und dass ich mich zum ersten Mal selbst uneingeschränkt über die Nachricht, Mutter zu werden, freute.

Als ich ihn ein paar Stunden später verließ, um auch Glenn die Neuigkeit endlich mitzuteilen, und schon durch die Tür ging, rief Kenneth mir ausgelassen zu: „Wir bekommen ein Baby!"

Ich schickte ihm lachend einen Luftkuss und hatte nun endlich keine Angst mehr, Glenn die Wahrheit zu sagen.

Wenn Kenneth das Ganze schon so wunderbar aufnahm, wie glücklich würde dann erst Glenn sein, wenn er erfuhr, dass er bald Vater werden würde?

Euphorisch und ausgelassen fuhr ich zu seiner Wohnung, und als er nach meinem Klingeln die Tür öffnete, fiel ich ihm um den Hals und küsste ihn stürmisch. Er fing an zu grinsen und sagte: „Wofür war das denn?" Aber ich zog ihn nur aufgeregt in die Wohnung und sah mich um. „Deine Wohnung ist eindeutig zu klein, wir müssen umziehen."

Er sah mich verwirrt an. „Du willst mit mir zusammenziehen?", fragte er.

Ich strahlte ihn an. „Ja, das will ich. Wir könnten natürlich auch hier wohnen, aber wir brauchen ja schließlich auch ein Kinderzimmer."

Er ließ sich auf seine Couch sinken. „Hey, hey, hey, nun mal langsam. Erst sprichst du vom Zusammenziehen, dann vom Kinderkriegen ... Wir sind doch erst ein paar Monate zusammen. Lass es uns ruhig angehen. Du kannst für den Anfang doch erst einmal damit beginnen, ab und zu bei mir zu übernachten, und wenn es gut läuft und wir uns nicht auf die Nerven fallen, dann kannst du ja irgendwann hier einziehen."

Mein Lächeln verblasste; so hatte ich mir diesen Abend nicht vorgestellt. „Und was ist mit Kindern? Du hast doch gar keinen Platz in dieser Wohnung."

"Herrgott, Abigail, eins nach dem anderen. Wir sind beide jung und machen gerade Karriere. An Kinder können wir in ein paar Jahren anfangen zu denken. Ich will das Leben genießen und meinen Ruhm feiern. Mit dir auf Galas und Veranstaltungen gehen, bis in die Morgenstunden feiern und zu Dreharbeiten an weit entfernte Orte reisen. So ein Balg wäre da doch nur ein Klotz am Bein.“

Während seiner Rede war ich immer stiller geworden und wäre am liebsten auf dem Absatz umgedreht und weggelaufen. Ich biss mir auf die Zähne und bemühte mich um eine ausdruckslose Miene, aber es gelang mir einfach nicht. Schon stiegen die Tränen in mir hoch und ich schluchzte laut auf.

Glenn sah mich entgeistert an. „Was ist denn bloß los mit dir, Abigail? Hast du etwas getrunken?“

Einen Moment überlegte ich, gar nichts zu sagen und einfach wegzugehen, aber dann wurde ich unsagbar wütend auf ihn.

"Was los ist, willst du wissen? Ich bekomme *einen Klotz am Bein* ... DEIN *Klotz am Bein,* um genauer zu sein!", brüllte ich ihn an und wiederholte seine verletzende Wortwahl.

Glenn wurde um mehrere Nuancen blasser und sackte auf der Couch in sich zusammen. Jetzt bekam ich ein schlechtes Gewissen. Er hatte doch nicht gewusst, dass ich schwanger war. Wenn man über Dinge redete, die sich vielleicht irgendwann einmal abspielten, war es etwas gänzlich anderes, als wenn es tatsächlich eintraf. Wie viele Männer gab es, die sagten, sie wollen keine Kinder, und sich dann unbändig freuten, wenn sie Vater wurden. Und wenn ich ganz ehrlich war, wie hatte ich *selbst* denn reagiert, als ich es erfahren hatte? War ich vor Freude wild umhergehüpft oder war ich nicht selbst anfangs hin- und hergerissen gewesen wegen meiner Gefühle und hatte gedacht, dass der Zeitpunkt mehr als ungünstig war?

Ich sollte ihm nicht böse sein, schließlich hatte ich ihn vollkommen überrumpelt, wir waren erst so kurz zusammen und dann sprach ich plötzlich wie aus heiterem Himmel übers Zusammenziehen, Heiraten und Kinderkriegen. Da war es doch vollkommen normal, dass man im ersten Schockmoment so reagierte. Aber jetzt wusste er, dass wir ein Baby bekamen und er Vater wurde.

Ich ließ mich langsam neben ihm auf der Couch nieder und ergriff seine Hand. „Ich weiß, das war jetzt ein ganz schöner Schock. Ich kann es auch immer noch nicht richtig glauben“, sagte ich leise zu ihm, während ich seine Hand streichelte.

Er rieb sich mit der anderen Hand das Gesicht und presste die Augen zusammen, als hätte er Schmerzen. „Und wie geht es jetzt weiter?“, erkundigte er sich tonlos bei mir.

Ich schaute ihn an und sagte: „Ich dachte, das würdest du mir sagen.“ Ich war selbst vollkommen durcheinander und hoffte, dass er das Ganze in die Hand nahm und alles plante: ob wir hier erst einmal gemeinsam wohnen oder uns ein eigenes Haus suchen würden, ob er mir so bald wie möglich einen Antrag machen und wir heiraten würden, bevor man sah, dass ich schwanger war, oder später ganz still und heimlich, nur im allerengsten Kreis. Das alles musste er entscheiden, ich konnte mir ja schließlich schlecht selbst einen Antrag machen.

Ich weiß, heutzutage ist es absolut normal, dass auch Frauen Heiratsanträge machen, aber damals wäre ich damit ein Fall für die Irrenanstalt geworden.

Ich war so in Gedanken vertieft, dass ich seine Antwort nicht hörte.

"Was hast du gesagt?", fragte ich ihn deshalb.

"Ich habe gefragt, ob du noch etwas *dagegen* machen kannst, oder ob es schon zu spät ist?"

"Dagegen machen?", erkundigte ich mich verwirrt. „Was meinst du mit da... Oh Gott, das meinst du doch nicht ernst, oder? Du willst, dass ich zu einem Engelmacher gehe und unser Baby töte?", fragte ich fast unhörbar leise, weil mein Hals sich plötzlich zuschnürte und ich spürte, wie die Tränen in mir hochstiegen.

"Entweder das, oder du gibst das Baby direkt nach der Geburt zur Adoption frei, denn ich werde dieses Kind bestimmt nicht großziehen. Wer sagt mir denn, dass es überhaupt meins ist? Ich werde doch nicht meine Karriere und mein Leben wegwerfen, um ein Kuckuckskind großzuziehen. Das kannst du dir abschminken."

Die Tränen rannen nun einem Wasserfall gleich über meine Wangen und ein Orkan an Gefühlen tobte in mir und alle drohten gleichzeitig an die Oberfläche zu brechen. Ungezügelte Wut brannte in mir, weil er unser Kind ermorden wollte und weil er mir unterstellte, etwas mit einem anderen Mann gehabt zu haben. Grenzenlose Enttäuschung toste in mir wegen seines schäbigen Verhaltens, und weil er sich so einfach aus unserer gemeinsamen Zukunft ausgeklinkt hatte. Und das dritte Gefühl, das mich mit stählender Hand umfing, war eine allumfassende Traurigkeit, denn ich war nun allein ... allein und schwanger!

Ich wollte Glenn anschreien, aber all diese Gefühle erstickten mich förmlich. Ich schnappte nach Luft und versuchte Worte hervorzupressen, aber der Schock saß zu tief. Ich konnte nur dasitzen und kämpfen, um nicht zu hyperventilieren, denn ich sah schon bunte Blitze vor meinen Augen.

Ohne dass ich es richtig mitbekam, stand ich von der Couch auf und ging auf direktem Wege zur Tür. Ich drehte mich nicht mehr um, denn ich konnte Glenns Anblick nicht mehr ertragen. Ich glaube, wenn ich mich umgedreht hätte, dann wäre ich zu ihm zurückgerannt und hätte mit meinen Fäusten auf ihn eingeschlagen und versucht ihm das Gesicht zu zerkratzen.

Draußen regnete es in Strömen, aber auch das nahm ich nur wie aus weiter Ferne wahr, denn ich kam mir vor, als wäre ich in einem Albtraum gefangen. Vielleicht würden mich der Regen und die Kälte endlich aufwecken, hoffte ich.

Ich ließ die Tür hinter mir einfach offen und trat hinaus in das Unwetter. Ich lief los, ohne Ziel, nur weg von diesem Monster. Schon nach kurzer Zeit war ich bis auf die Knochen durchnässt und meine Kleidung und Haare klebten an meinem Körper. Zitternd schlang ich meine Arme um meinen Oberkörper, während ich durch die Dunkelheit lief. Ich war verzweifelt und am Boden zerstört. Was sollte ich jetzt nur tun? Eine Frau, die schwanger war, aber keinen Mann vorweisen konnte, war zur damaligen Zeit mehr als nur ein Skandal. Ich wusste, wie man Frauen in einer Lage wie meiner behandelte, was man über sie sagte hinter ihrem Rücken und dass ihr gesellschaftliches Leben fortan nicht mehr existierte. Ich wollte nicht so enden! Was war nur passiert? Ich hatte doch eine berühmte und von allen bewunderte Schauspielerin werden wollen und später, wenn ich verheiratet war, hatte ich eine wundervolle Ehefrau und Mutter sein wollen. Mit meinem Mann elegante Dinnerpartys geben wollen, gemütliche Barbecues im Sommer und lustige Kindergeburtstagspartys. All das war nun unvorstellbar geworden. Ich war nun eine Geächtete und mein Kind würde als Bastard beschimpft werden.

Der Regen auf meinen Wangen vermischte sich mit den salzigen Tränen, die unentwegt aus mir herausflossen und nicht zu versiegen schienen. Ich schluchzte in kurzen abgehackten Atemzügen und hatte das Gefühl, gleich ohnmächtig zu werden.

Als ich irgendwann hochsah, war mein Blick so verschleiert, dass ich zunächst einen Moment brauchte, bis ich erkannte, wo ich mich befand.

Ohne es zu merken, hatten meine Füße mich instinktiv zu dem einzigen Menschen getragen, dem ich vertraute und der mich niemals enttäuscht hatte. Ich befand mich in Sichtweite von Kenneth' Wohnung; nur noch wenige Meter und ich hatte das Haus erreicht.

Aber ich wollte ihm nicht als heulendes Häufchen Elend unter die Augen treten. Ich blieb trotz des immer noch strömenden Regens stehen, schloss die Augen und atmete mehrmals tief ein und aus, um meine Atmung zu beruhigen. Dann wischte ich mir über das Gesicht und die Augen, aber mein Mascara war nicht nur durch die Tränen, sondern auch durch den Regen verlaufen, wahrscheinlich sah ich aus wie ein durchnässter Waschbär. Ich versuchte meine Nerven zu beruhigen und endlich aufzuhören zu weinen, denn ich schämte mich, mich vor Kenneth so schwach zu zeigen, wobei es absoluter Unsinn war, denn er würde mich niemals für meine Emotionen verurteilen. Schließlich war er von uns beiden eigentlich derjenige, der nah am Wasser gebaut hatte und keinen Liebesfilm und kein Drama ohne Taschentücher durchstand.

Ich setzte mich langsam wieder in Bewegung und klingelte bei Kenneth, als ich sein Wohnhaus erreicht hatte. Dann erst fiel mir ein, wie spät es schon war und ich ärgerte mich über mich selbst. Wie konnte ich Kenneth um diese Uhrzeit einfach so überfallen, vielleicht hatte er Besuch oder lag schon im Bett?

Aber es dauerte nur eine halbe Minute, bis der Türsummer ertönte. Ich ging hoch in den ersten Stock und Kenneth öffnete mir im Schlafanzug die Tür.

"Abigail, was machst du denn hier? Ich wollte gerade ins Bett. Wolltest du nicht zu Glenn und ihm die glückliche Nachricht überbringen?"

Und voilà, schon war es mit der mühsam aufrechterhaltenen Selbstbeherrschung vorbei und ich hatte noch nicht einmal einen Schritt in seine Wohnung gemacht.

Ich stieß einen leisen Schrei aus und alle Schleusen öffneten sich auf einmal explosionsartig. Ich begann am ganzen Körper zu zittern, die Tränen strömten wieder unaufhaltsam weiter und ich schluchzte so laut, dass wahrscheinlich auch sämtliche Nachbarn mich hören konnten.

"Oh mein Gott, Schätzchen, komm erst einmal herein", rief Kenneth erschrocken und bugsierte mich in seine Wohnung. Dort ließ er meine Hand gar nicht erst los, sondern zog mich in einer fließenden Bewegung in seine Arme und umschlang meinen ganzen zierlichen Körper mit seinen starken und muskulösen Armen.

Es ist komisch zu beschreiben, aber in Kenneth' Umarmung, fühlte ich mich augenblicklich warm und geborgen. Mein verkrampfter und angespannter Körper wurde lockerer und ich sackte förmlich in mich zusammen. Ich schmiegte mich, so eng ich konnte, an ihn und vergrub mich förmlich in ihm.

Behutsam schob mich Kenneth zu seiner Couch und ließ sich, ohne mich loszulassen, darauf nieder.

Er sagte kein Wort zu mir und fragte auch nicht, was los sei, sondern hielt mich nur fest und strich mit einer Hand beruhigend und sanft über meine Haare und meinen Rücken. Er benahm sich wie eine Mutter, die ihr Kind tröstete, wenn es sich verletzt hatte oder nachts aus einem Albtraum hochgeschreckt und zu seiner Mutter gelaufen war.

"Pssst ... es wird alles gut ... das wird schon wieder ...", war das Einzige, was Kenneth in all der Zeit leise in mein Ohr flüsterte.

Und nach einer Weile merkte ich, dass es mir langsam besser ging. Mein Schüttelfrost hörte auf, meine Tränen versiegten und ich bekam auch wieder vernünftig Luft.

Vorsichtig lockerte er seine Umarmung und sah mich prüfend an. „Kommst du ein paar Augenblicke ohne mich zurecht?", fragte er.

Ich nickte stumm und er stand auf und verschwand im Nebenzimmer. Kurze Zeit später hörte ich Wasser rauschen, Geschirr klimpern und Kenneth durch die ganze Wohnung laufen.

Als er nach fünf Minuten wiederkam, war er vollgepackt, als ob er verreisen wollte. Als Erstes stellte er ein riesiges Tablett vor mir ab, auf dem sich eine große Teekanne, zwei Becher, Zucker, Schlagsahne und ein Teller mit riesengroßen Schokoladenkeksen befanden. Dann nahm er von seiner Schulter eine große flauschige Decke hinunter und ich sah, dass darunter ein Badetuch und ein Bademantel zum Vorschein kamen.

"Du erinnerst mich langsam an Houdini, fehlt nur noch das Kaninchen aus dem Schlafanzugoberteil", sagte ich und musste trotz meines gebrochenen Herzens leicht lächeln.

"Das ist nur meine erprobte Retter-in-der Not-Basisausrüstung", entgegnete er augenzwinkernd und streckte mir das Handtuch entgegen. „Und jetzt raus aus den durchnässten Klamotten, sonst holst du dir noch eine Lungenentzündung", antwortete er gespielt streng.

Ich genierte mich erst, mich vor seinen Augen umzuziehen, aber dann wurde mir bewusst, wie albern ich mich benahm. Kenneth war schwul, es würde ihn nicht im Geringsten interessieren, wenn ich mich vor ihm auszog.

Aber weil Kenneth war, wie er war, bemerkte er meine Unsicherheit und sagte: „Ich hole dir noch schnell ein Handtuch für deine Haare", und verschwand ins Badezimmer. Und dort suchte er auffällig lange nach einem Handtuch ... so lange, bis ich mich ausgezogen und abgetrocknet hatte und in den Bademantel geschlüpft war.

"Danke", sagte ich leise, als er wiederkam.

"Schau mal in die Taschen des Bademantels", riet er mir und ich musste wieder lächeln, als ich in jeder Tasche einen dicken und warmen Wollstrumpf entdeckte. Als ich alles anhatte und es mir auf der Couch bequem gemacht hatte, breitete Kenneth die Decke über mich aus und schenkte uns dann aus der Teekanne etwas ein. Erst jetzt sah ich, dass es heiße Schokolade war. Nachdem er die Tassen gefüllt hatte, nahm er die Schlagsahne und gab eine ordentliche Portion in beide Becher.

„Hier, trink das, solange es noch heiß ist. Gegen Kummer jeglicher Art ist das das beste Medikament und als Unterstützung verschreibe ich dir noch den hier", meinte er und reichte mir eins der riesengroßen Schokoplätzchen.

Dankbar nahm ich den dampfenden Becher und den Keks entgegen und trank, nachdem ich ausgiebig gepustet hatte, einen großen Schluck von der heißen Schokolade. Kenneth hatte recht, die heiße Flüssigkeit schien meinen gesamten Körper zu durchströmen und mich innerlich wieder aufzuwärmen. Ich umklammerte die Tasse und nahm ab und zu einen Bissen von dem Schokokeks, den ich vor mir auf der Decke abgelegt hatte.

"Das sind feinste belgische Meisterwerke, die ich nur mit ganz besonderen Menschen und in absoluten Notfällen teile. Ich hoffe, das ist dir bewusst", sagte er augenzwinkernd.

Kenneth fragte immer noch nicht, was passiert war, sondern saß nur neben mir, streichelte mein Bein und ließ mir die Zeit, die ich brauchte. Irgendwann, nachdem ich die erste Tasse ausgetrunken hatte und gerade an meiner zweiten nippte, begann ich Kenneth zu erzählen, was vorgefallen war, als ich ihn verlassen hatte.

Ich verschwieg ihm nichts und beschönigte Glenns Worte auch nicht und ich sah an Kenneths Gesichtsausdruck, dass auch er von Glenns Aussagen tief getroffen war und mit mir litt. Er sagte kaum etwas, sondern ermutigte mich nur, mir alles von der Seele zu reden. Als ich geendet hatte, stellte er seine Tasse beiseite und nahm mich abermals fest in seine Arme.

Ich schloss die Augen und atmete den Geruch seines vertrauten Rasierwassers ein und dankte Gott innerlich dafür, dass er mir einen so unglaublichen und wundervollen Freund geschenkt hatte. Denn ich hätte nicht gewusst, was ich in dieser Nacht getan hätte, hätte es Kenneth nicht gegeben. Denn dann wäre niemand da gewesen, mit dem ich über diese Sache hätte reden können. Reden vielleicht schon, aber die Leute, wie zum Beispiel meine Mutter, hätten mich verurteilt, anstatt mir den Trost zu spenden, den ich gerade so bitter nötig hatte.

Kenneth war einfach für mich da, er verurteilte mich nicht, er sagte mir nicht, dass ich doch selbst schuld war; er hörte mir einfach zu und nahm mich immer wieder in den Arm. Irgendwann tief nachts, oder besser gesagt früh morgens, teilte er mir mit, dass er mich heute Nacht nicht alleine lasse. Ich versuchte zu widersprechen, aber er ließ keinerlei Einwände zu. Er räumte die Tassen und Kekse weg und holte aus seinem Schlafzimmer noch ein Kissen und einen seiner Schlafanzüge.

Ganz Gentleman, wie er war, bot er mir natürlich an, in seinem Bett zu schlafen, während er auf der Couch übernachtete, aber das ließ ich nicht zu.

Erst raubte ich ihm die halbe Nacht den Schlaf und heulte mich bei ihm aus und dann wollte er mir auch noch sein Bett überlassen.

Nachdem ich energisch auf das Sofa bestanden hatte, fügte er sich schließlich und wünschte mir eine gute Nacht. Ich durfte als Erste ins Badezimmer und plötzlich überfiel mich die Müdigkeit wie eine bleierne Last. Im Halbschlaf wusch ich mir mein tränenverklebtes Gesicht und putzte mir mit ein bisschen Zahnpasta auf dem Finger behelfsmäßig die Zähne. Danach schlüpfte ich in Kenneth' flauschigen Flanellschlafanzug, der mir natürlich um mehrere Nummern zu groß war. Ich rollte die Ärmel und Beine des gestreiften Pyjamas ein Stückchen hoch, damit ich nicht stolperte, und ging dann zurück ins Wohnzimmer. Kenneth war schon in seinem Schlafzimmer verschwunden, hatte aber eine kleine Tiffanylampe in der Ecke brennen lassen, die das Zimmer in ein gemütliches Halbdunkel tauchte.

Ich kuschelte mich auf der Couch unter die Decke und atmete Kenneth' beruhigenden Duft ein, der aus dem Pyjama strömte.

"Ich wünsche dir eine gute Nacht", rief er aus dem Schlafzimmer.

"Ich dir auch und danke für alles", erwiderte ich.

Als ich am nächsten Morgen aufwachte, schien die Sonne bereits ins Zimmer. Ich kniff meine Augen zusammen und warf einen Blick auf die Wohnzimmeruhr, die über der Tür hing, und stellte erschrocken fest, dass es bereits halb elf war. Den Schlaf schien ich wirklich nötig gehabt zu haben. Ich reckte mich einmal genüsslich und merkte, dass ich mich tatsächlich viel besser fühlte als gestern. Kenneth hatte wirklich eine heilsame Wirkung auf mich. Ich fragte mich, ob er bereits aufgestanden war, aber ich hörte keine Geräusche in der Wohnung.

Als ich mich hinsetzte, sah ich, dass auf dem Wohnzimmertisch ein Zettel lag.

Liebe Schlafmütze,
ich dachte, das Ausschlafen wird dir helfen. Bin kurz
unterwegs, aber gegen halb zwölf spätestens wieder da.
Frühstück steht in der Küche.
Dein Ritter ohne Furcht und Tadel

Ich musste grinsen ... das war mal wieder typisch Kenneth.

Ich beschloss, erst einmal ausgiebig zu duschen und erst danach zu frühstücken. Als ich das Badezimmer betrat, sah ich, dass er meine Kleidung sorgfältig über die Heizungen gehängt hatte, sodass alles getrocknet und sogar warm war, wenn ich mich nach der Dusche anzog.

Ich benutzte etwas von Kenneth' maskuliner, würzig riechender Seife und entschied kurzerhand, dass ich mir auch gleich die Haare waschen konnte, wenn ich sowieso schon unter der Dusche stand. Anschließend trocknete ich mich ab, zog meine Kleidung von gestern an, und wickelte mir ein Handtuch wie einen Turban um meine nassen Haare. Vielleicht würde ich sie mir gleich noch föhnen, aber im Moment verlangte mein Magen lautstark nach einem Frühstück.

Als ich in die Küche ging, sah ich, dass Kenneth auch hier wieder liebevoll an mich gedacht hatte. Auf dem Tisch stand schon eine Tasse, daneben eine Thermoskanne und ein Teller, der mit einer silbernen Haube abgedeckt war. Als ich die Kuppel hochhob, kamen darunter Croissants, Butter, Erdbeer- und Aprikosenmarmelade zum Vorschein.

Schnell schenkte ich mir die Tasse randvoll mit dem dampfenden Kaffee aus der Kanne und machte mich genüsslich über das Festessen her. Ich musste zugeben, Kenneth verstand es, zu frühstücken. Ich hatte gerade den letzten Bissen Croissant genommen, als ich hörte, wie die Haustür aufgeschlossen wurde. Ich warf einen Blick auf die Uhr und stellte mit Erstaunen fest, dass es bereits zwanzig nach elf war.

Nach wenigen Augenblicken kam Kenneth zu mir in die Küche, wünschte mir einen guten Morgen und gab mir links und rechts einen Kuss auf die Wange. Nachdem er seine Einkäufe abgestellt hatte, zog er seine Jacke aus und setzte sich zu mir an den Tisch, um sich zu erkundigen, wie ich geschlafen hatte. Danach plauderten wir ein bisschen, aber keiner von uns sprach den Grund meines gestrigen Besuches an, wahrscheinlich wollte mir Kenneth nicht schon am frühen Morgen die Laune verderben. Ich hatte schließlich noch die nächsten neun Monate Zeit, mich deswegen verrückt zu machen.

"Und was hast du getrieben, während ich meinen ausgiebigen Schönheitsschlaf gehalten habe?", fragte ich ihn grinsend.

"Ich war ein bisschen shoppen und in meinem Lieblingsfeinkostladen, weil ich dachte, dass ich heute einmal etwas Schönes für uns kochen kann."

"Das hört sich traumhaft an", erwiderte ich.

"Jetzt hast du ja erst einmal gefrühstückt, aber die Vorbereitung dauert auch eine Weile. Ich würde vorschlagen, du föhnst dir jetzt in Ruhe die Haare und dann machst du es dir auf dem Sofa bequem und schaust einen schönen Film", meinte Kenneth.

Ich protestierte: „Ich bin doch nicht krank, dass ich den ganzen Tag auf dem Sofa verbringen muss. Wir können ruhig rausgehen, oder lass mich dir wenigstens beim Kochen helfen."

Er warf mir einen Blick mit hochgezogenen Augenbrauen zu.

"Ja, ich weiß, dass ich nicht kochen kann, aber ich kann mich doch nützlich machen. Gemüse waschen, klein schneiden oder irgendetwas anderes. Du musst mich doch nicht von vorne bis hinten bedienen", entgegnete ich gespielt empört.

"Setz du dich auf das Sofa und sieh ein bisschen fern, ich mache das wirklich gerne. Ich liebe es, für Gäste zu kochen, das macht viel mehr Spaß, als etwas nur für sich alleine zuzubereiten."

Ich gab auf und ließ Kenneth in der Küche alleine. Wenn ich ehrlich war, musste ich zugeben, dass ich es auch irgendwie genoss, so fürsorglich behandelt zu werden.

Nachdem ich mir also die Haare geföhnt hatte, begab ich mich auf die Couch und schaltete den Fernseher ein. Ich hatte Glück, denn es lief gerade ein Liebesfilm, den ich sehr mochte.

Schon bald zogen herrliche Gerüche durch die Wohnung und es fiel mir immer schwerer, einfach sitzen zu bleiben und nichts zu tun.

Irgendwann kam Kenneth dann zu mir und teilte mir mit, dass das Essen fertig sei, und fragte, ob ich denn schon Hunger hätte.

Zu meiner eigenen Überraschung hatte ich bereits wieder einen Bärenhunger, obwohl das Frühstück noch gar nicht lange zurücklag. Wahrscheinlich hatte mein Körper gestern durch die ganze Aufregung und das stundenlange Weinen Unmengen an Kalorien verbrannt.

Ich warf die Decke, in die ich mich gekuschelt hatte, beiseite, stellte den Fernseher aus und folgte Kenneth in die Küche.

Der Tisch war wunderschön gedeckt mit edlem Porzellan, Sektgläsern und zwei langstieligen Kerzen, die ein warmes Licht verbreiteten. Eins musste man Kenneth lassen: Er hatte einen hervorragenden Geschmack. Egal ob es Essen, Porzellan oder andere Dinge betraf.

Wie ein Gentleman stellte er sich hinter meinen Stuhl, wartete, bis ich mich gesetzt hatte, und rückte ihn dann an den Tisch heran, anschließend schenkte er mir in ein langstieliges und augenscheinlich teures Sektglas Apfelsaft ein.

„Ist zwar nicht der Champagner, den ich dir gerne zum Anstoßen gekauft hätte, aber immerhin befindet sich der Saft in einem würdigen Glas."

Ich musste lachen. „Du bist verrückt."

Nun füllte Kenneth meinen Teller mit einer solchen Vielzahl an Köstlichkeiten, dass mir schier die Sprache fehlte. Und es sah nicht nur gut aus, es schmeckte auch hervorragend. Falls Kenneth' Schauspielkarriere irgendwann einmal enden sollte, konnte er jederzeit in einem fünf Sterne Restaurant als Meisterkoch anfangen.

Ich bedankte mich beim Essen ausgiebig bei meinem besten Freund, aber der machte nur eine wegwerfende Handbewegung. „Habe ich doch gerne gemacht", sagte er nur.

Nachdem ich meinen Teller bis auf den letzten Krümel geleert hatte, räumte er alles ab und kam einen kurzen Moment später mit dem Nachtisch wieder.

Ich stieß ein leichtes Stöhnen aus, als ich sah, dass er meine Lieblingsnachspeise zubereitet hatte.

Mousse au Chocolat. Schon von hier aus konnte ich erkennen, wie locker und cremig das Dessert war.

Er stellte es vor mir ab und setzte sich mit seiner Portion mir gegenüber, dann schaute er mich erwartungsvoll an.

"Ich hoffe, das Dessert gefällt dir und ist dein Geschmack", sagte er leise.

"Es ist wunderbar, Kenneth", sagte ich, während ich den Löffel in den Klecks Sahne versenkte, der die Mousse krönte.

Ich hob ihn zum Mund und Kenneth starrte mich immer noch an. Plötzlich nahm ich ein Glitzern auf dem Löffel wahr. Ich nahm ihn wieder herunter und betrachtete die Sahne genauer, irgendetwas war darin. Ich fuhr mit dem Finger vorsichtig über die Sahne und strich sie herunter und zum Vorschein kam ein Ring!

Es war ein umwerfend schöner Ring, ein schmales Platinband und eine wunderschöne Fassung mit einem herzförmigen Diamanten. Und obwohl der Ring noch immer teilweise mit Sahne bedeckt war, funkelte er atemberaubend.

"Oh …", flüsterte ich nur und starrte das Schmuckstück verwirrt an.

"Gefällt er dir? Ich dachte, mit Tiffanys kann man nichts falsch machen", sagte Kenneth ebenso leise.

"Er ist … So etwas Wunderschönes habe ich noch nie gesehen", entgegnete ich. „Aber … aber … weshalb schenkst du mir so etwas unendlich Wertvolles?"

Kenneth nahm mir sanft den Ring ab und tauchte ihn mehrmals kurz in sein Wasserglas, um ihn von der restlichen Sahne zu befreien. Dann stand er auf, ging um den Tisch herum und sank vor mir auf die Knie.

"Abigail, möchtest du meine Frau werden?", fragte er und sah mir tief in die Augen, während er mir den Ring entgegenstreckte.

Ich schnappte nach Luft und sah plötzlich Sterne, weil mein Kreislauf in den Keller sackte.

"Aber du bist doch schwul", stieß ich tonlos hervor.

"Und du schwanger", antwortete er mir mit einem schiefen Grinsen, was ihn noch liebenswerter aussehen ließ als ohnehin schon.

Er ließ sich vor mir auf den Boden sinken, setzte sich bequem in den Schneidersitz und sah zu mir hoch. „Als ich gestern Nacht im Bett lag, konnte ich nicht schlafen, weil es mir so leidtat, was dir widerfahren war. Du bist ein so wundervoller Mensch und du verdienst alles Glück dieser Erde. Du hast nichts falsch gemacht und ich möchte nicht, dass du dein Leben lang darunter leiden musst, dass Glenn so ein rückgratloser Schwächling ist. Ich will nicht, dass deine Karriere zu Ende ist und die Leute hinter deinem Rücken schlecht über dich reden, das hast du einfach nicht verdient.

Und da kam mir die Idee, dass doch einfach wir beide heiraten könnten. Du bist der einzige Mensch, dem ich genug vertraue, dass er die ganze Wahrheit über mich weiß, und es wird mir nie möglich sein, dass ich offen eine Beziehung zu einem Mann führe, das weißt du. Und wenn man sieht, dass du schwanger bist und keinen Ehemann hast, werden die Leute abscheulich schlecht über dich reden. Glaube mir, ich habe gestern Nacht stundenlang darüber nachgegrübelt, was es bedeuten würde, wenn wir beide heiraten. Wir arbeiten oft zusammen und verbringen fast jede Minute unserer Freizeit zusammen. Und wenn es eine Person gibt, mit der ich mir vorstellen könnte, den Rest meines Lebens zu verbringen, dann wärst du das! Ich liebe dich! Nicht auf die klassische, von der Gesellschaft akzeptierte Mann-Frau-Beziehung, aber dafür aus wirklich tiefstem Herzen. Ich vertraue dir wie keinem Menschen sonst und ich liebe es, mit dir Zeit zu verbringen. Wenn das keine Gründe zum Heiraten sind, dann sag mir, welche sonst", sagte er und atmete tief durch.

Ich blickte Kenneth an, und obwohl es absolut verrückt war, musste ich ihm doch in allen Punkten zustimmen. Kenneth war der wunderbarste Mann, den ich jemals getroffen hatte, ich konnte mit ihm stets über alles reden, er verurteilte mich nie, er verstand mich wie kein anderer und seine Homosexualität trug nur dazu bei, dass er mich auch in Frauendingen perfekt verstand, weil er so unglaublich einfühlsam war.

Kenneth war ein Mann, mit dem ich mir auch in zehn Jahren noch eine Zukunft vorstellen konnte. Ich sah unwillkürlich ein Bild vor meinem geistigen Auge aufblitzen: Wir beide als altes Ehepaar, zusammengekuschelt unter einer Decke vor dem Fernseher, mit einer heißen Schokolade in den Händen. Bei dieser Vorstellung durchströmte mich ein warmes Gefühl, das man nur als reine Liebe interpretieren konnte.

Tatsächlich, auch ich liebte Kenneth, obwohl wir nie richtig miteinander zusammen sein konnten. Aber war das wirklich so wichtig? Wenn ich eine perfekte und wunderbare Ehe mit einem Partner führen konnte, der mich anbetete und von Herzen liebte, und wir zusammen fantastische Eltern sein würden – denn ich war davon überzeugt, dass Kenneth ein wunderbarer Vater sein würde –, reichte das dann nicht aus?

Wenn ich an Glenn und seine Reaktion auf die Schwangerschaft dachte und jetzt Kenneth' Heiratsantrag sah, musste ich nicht lange überlegen.

"Das ist zwar das Verrückteste, was ich jemals gehört habe, aber: Ja. Ja, ich will dich heiraten und den Rest meines Lebens mit dir verbringen, Kenneth Oldman!"

Kenneth stieß einen Freudenschrei aus und sprang hoch, um mich zu umarmen. Er war so stürmisch, dass ich fast vom Stuhl fiel. Er küsste mich liebevoll auf die Wange und streifte mir dann den wunderschönen Diamantring über den Ringfinger.

"Wir werden ein wunderbares Leben haben, Mrs Oldman", rief er lachend."

„Obwohl er schwul war, hat er Ihnen tatsächlich einen Heiratsantrag gemacht?", fragte Charlotte absolut fassungslos.

Abigail lachte. „Ja, das hat er und in den Wochen der Hochzeitsvorbereitungen hat er nicht einmal kalte

Füße bekommen; ganz im Gegensatz zu mir. Ich fand es unfassbar, was Kenneth bereit war, für mich zu tun. Aber in stillen Momenten fragte ich mich doch, ob es wirklich das Richtige war. Was, wenn sich die Zeiten änderten, und die Menschen mit Homosexualität offener umgehen würden? Dann wäre Kenneth an mich gebunden und könnte kein Leben mit einem Mann führen. Und würde er mich dann nicht irgendwann unweigerlich als Klotz am Bein empfinden, unsere kleine Familie nur noch als Last sehen und mich dann eines Tages dafür hassen? Ich liebe Kenneth viel zu sehr, als dass ich ihm das antun wollte. Aber er war derjenige, der mich immer wieder beruhigte und mir unser zukünftiges Leben in den schönsten Farben ausmalte und so heirateten wir schließlich ein paar Wochen später. Mein Bauch war noch recht flach und ich hatte ein Hochzeitskleid gewählt, was meine Figur perfekt umschmeichelte, sodass keinem etwas auffiel. Alle Freunde und Schauspielkollegen freuten sich unbändig für uns und sagten uns, dass sie schon geahnt hatten, dass wir ein Liebespaar wären. Schließlich sah man uns immer nur im Doppelpack und wir schienen unheimlich glücklich miteinander zu sein. Wir hatten eine rauschende Hochzeit und wunderschöne Flitterwochen in der Südsee, und als das Baby geboren wurde, tricksten wir mit dem Datum so herum, dass die Leute uns glaubten, das Kind wäre in den Flitterwochen gezeugt worden."

„Verzeihen Sie mir die Frage, aber ich habe so etwas noch niemals zuvor gehört: Funktionierte diese Ehe und waren Sie glücklich?", erkundigte sich Charlotte neugierig.

„Wenn Sie mich damals, bevor ich Kenneth kennengelernt habe, gefragt hätten, hätte ich diese Frage ganz klar mit Nein beantwortet, aber diese Notsituation, dass Glenn mich verlassen hatte, war das Beste, was mir jemals im Leben widerfahren ist. Ich kann so eine Ehe nur jedem Menschen empfehlen. Kenneth und ich sind nun schon seit über vierzig Jahren verheiratet und er ist immer noch mein bester Freund. Wenn ich etwas Schönes erlebe, ist er der Mensch, dem ich es als Erstes erzählen möchte. Und für unsere Tochter Sofia ist er ein wundervoller Vater gewesen, besser als es Glenn je hätte werden können. In all den Jahren habe ich mich nie als „Alibi"-Frau gefühlt und Kenneth hat niemals bedauert, ein Vater für Sofia werden zu wollen. Das, was unsere Beziehung von anderen Beziehungen zwischen Mann und Frau unterscheidet, ist nichts im Vergleich zu all den glücklichen Momenten, die die Ehe mit Kenneth mir gebracht hat. Würde man die Zeit zurückdrehen und mir die Möglichkeit geben, wählen zu können, zwischen Glenn und Kenneth, würde ich immer und immer wieder Kenneth wählen."

Als Abigail geendet hatte, saß Charlotte da und wusste nicht, was sie sagen sollte. Sie hatte sogar vergessen, sich Notizen zu machen, war sich aber sicher, nicht eine Einzelheit dieser Geschichte zu vergessen, bis sie sie niederschrieb.

„Sie haben nicht gelogen, als sie angedeutet haben, dass Ihre Liebesgeschichte außergewöhnlich ist. So etwas habe ich wirklich noch nicht gehört", meinte Charlotte nach einer Zeit des Schweigens.

„Gefällt sie Ihnen denn, oder halten Sie uns für verrückt?", erkundigte sich Abigail neugierig.

„Ich muss ehrlich sagen, ich finde Ihre Liebesge-schichte wunderschön und zutiefst berührend. Was Kenneth für Sie getan hat, war wirklich zauberhaft und unglaublich selbstlos. Und Ihre Geschichte hat mich zum Nachdenken gebracht, mit was für Vorstellungen man an eine Ehe herangeht. Sie sind ein perfektes Bei-spiel dafür, dass es nicht nur Schwarz und Weiß gibt und dass sich etwas Außergewöhnliches und Verrück-tes zu etwas Wunderbarem entwickeln kann. Sie ha-ben recht, Ihre Story ist komplett anders, als alle, die ich bisher für mein Buch gesammelt habe und ich würde sie wahnsinnig gerne mit darin verewigen."

„Und ich würde mich freuen, wenn sie mit dabei wäre, denn vielleicht ermutigt unsere Entscheidung auch andere Menschen dazu, über ihre Grenzen hin-wegzusehen und gegen den Strom zu schwimmen", antwortete Abigail.

Charlotte dachte einen Moment nach und fragte dann zögernd: „Aber wenn ich Ihre Geschichte auf-schreibe, haben Sie dann keine Angst, dass alles her-auskommt?"

„Ich glaube nicht, dass uns die Menschen anhand der Vornamen und der Geschichten wiedererkennen wer-den, aber selbst wenn doch ... dann soll es so sein. Ken-neth dreht gerade seinen letzten Film, wir sind beide alt und der einzige Mensch, dessen Meinung uns wirklich etwas bedeutet, ist unsere Tochter und die weiß über die speziellen Hintergründe Bescheid, seit sie alt genug ist, das Ganze zu verstehen. Sollen die Leute doch re-den", entgegnete Abigail schulterzuckend.

„Und Ihre Tochter? Wie ist die mit der ganzen Sache umgegangen?", fragte Charlotte interessiert.

Abigail lachte leise. „Kenneth und ich hatten uns Ewigkeiten den Kopf zerbrochen ... wie sagen wir es Sofia ... wie wird sie reagieren ... was, wenn sie sich unseretwegen schämt oder Kenneth plötzlich als Vater ablehnt ... Und dann kam der Tag, als wir es ihr sagten, und Sofia entgegnete nur: „Ach so.“

Wir bohrten nach und wollten wissen, wie sie über all das dachte und sie erwiderte nur, dass in ihrer Klasse viele Kinder erzählten, dass ihre Eltern unglücklich seien. Der Vater sei fast nie zu Hause, und wenn sie mal bei anderen Klassenkameraden zu Besuch war, sei es dort nie so lustig wie bei uns, weil sich die Eltern nicht mehr verstehen würden und gar nicht mehr miteinander lachen könnten. Bei uns sei es immer lustig und man würde sehen, wie sehr wir uns beide lieb hätten und das sei doch die Hauptsache. Und damit war das Thema bei unserer Tochter gegessen. Sogar jetzt, da sie erwachsen, selbst verheiratet ist und Kinder hat, war das Thema für sie nie wieder von Bedeutung.

Und schauen Sie sich die Welt jetzt an, überall lassen sich die Menschen scheiden und sind unglücklich in ihrer Ehe und Kenneth und ich könnten von unserer Liebe her auch noch einmal vierzig Jahre miteinander verbringen.“

„Ich finde das wundervoll“, antwortete Charlotte. „Und ich bin gespannt, was die Leser zu dieser Geschichte sagen werden.“

„Ich würde mich freuen, wenn Sie mir Bescheid sagen, wenn jemand etwas zu unserer Liebesgeschichte an Sie schreibt“, entgegnete Abigail.

Charlotte versprach es Abigail und verabschiedete sich dann, um die Liebesgeschichte aufzuschreiben, solange sie die Story noch so frisch im Gedächtnis hatte.

CHARLOTTE

Zu Hause erzählte Charlotte als Allererstes Danny von Abigails und Kenneth' außergewöhnlicher Liebesgeschichte.

Obwohl sie so ganz anders war, als alle Erzählungen, die sie schon gehört hatte und auch eigentlich keine typische Liebesgeschichte, wollte sie diese unbedingt im Buch haben.

Danny war skeptisch, weil er meinte, so eine Erzählung gefalle den Lesern bestimmt nicht, aber sie war komplett anderer Meinung. Denn in ihrem Roman sollte es um Liebe gehen, um die große allumfassende Liebe, und was, wenn nicht das, war es, was Abigails und Kenneth' Beziehung gewesen war.

Diese Geschichte spiegelte genau das wider, wovon Charlotte immer sprach. Es war keine langweilige 08/15-Geschichte, sondern etwas Außergewöhnliches. Kenneth hatte sein bisheriges Leben aufgegeben und einen für ihn bis dahin unvorstellbaren Weg eingeschlagen und das alles nur aus Liebe zu Abigail. Natürlich waren sie kein Liebespaar im klassischen Sinne gewesen, aber ihre Beziehung hatte länger gehalten als fast alle anderen, die sie kannte. Sie waren beste Freunde gewesen ... Vertraute ... und Eltern einer Tochter ... Sie lieben sich von Herzen, vertrauen sich und können über alles sprechen. Genau das war es doch, wovon so viele Menschen träumten, und was machte es da schon, wenn man dieses seltene Geschenk gefunden hatte, dass es vielleicht nicht der allgemeinen „Norm" entsprach.

Aber Danny fand das Ganze „anormal", wie er sich ausdrückte. Das zeigte doch nur einmal wieder deutlich, wie unromantisch er geworden war.

Hitzig debattierten Charlotte und Danny über Abigail und Kenneth und ehe sie sichs versah, befanden sie sich mitten in einer Diskussion über ganz andere Themen. Sie warf ihm vor, dass er sie gar nicht mehr so sehr liebte wie einst und dass er lieber so viel Zeit wie möglich getrennt von ihr verbrachte und er hielt dagegen und argumentierte, dass sie sich durch das Schreiben des Romans in eine Scheinwelt hineinträumte. Und dass solche Geschichten, wie sie sie aufschrieb, keinesfalls der Norm entsprachen und auch heutzutage überhaupt nicht mehr zu realisieren wären, weil sich die Welt komplett verändert hatte.

Bis tief in die Nacht diskutierten die beiden und vertraten erbittert ihre Standpunkte, und am Schluss, als sie schließlich im Bett lagen, konnte wahrscheinlich keiner mehr sagen, wie es überhaupt zu dieser Debatte gekommen war.

Sie kuschelten sich eng in die Decken und schliefen so weit entfernt voneinander ein wie nur möglich, jeder in seine eigenen Gedanken versunken.

MR WOOLSEY

Das Interview mit Mr Woolsey hatte Charlotte bewusst bis zum Schluss aufgespart, denn sie war sich nicht sicher, ob der alte, verbitterte Mann überhaupt mit ihr sprechen würde. Sicherlich hatte er vor einiger Zeit freiwillig angeboten, ihr ebenfalls sein Leben zu erzählen, aber so recht daran glauben konnte sie nicht. Emerson Woolsey war schon in der „normalen" Zeit ein sehr stiller und zurückgezogen lebender Mensch und jetzt zur Weihnachtszeit war er wie erwähnt eher ein Ebenezer Scrooge und die Pflegerinnen machten, wann immer es möglich war, einen großen Bogen um ihn, weil sie nicht angemault werden wollten.

Anfangs hatten es die Schwestern gut gemeint und versucht ihn in die Gemeinschaft zu integrieren. Manche älteren Menschen waren schüchtern oder aufgrund ihrer Vergangenheit ein wenig verbittert und es dauerte eine Weile, bis sie sich den anderen Bewohnern und Pflegerinnen gegenüber wohler fühlten. Man musste sie nach und nach schrittweise an ihr neues Leben im Pflegeheim heranführen. Sie zu den Mahlzeiten mit anderen bekannt machen, die vielleicht gleiche Interessen haben könnten, und sie immer wieder zu Kaffeetrinken, Bastelnachmittagen oder Sonstigem einladen. Die ersten zehn Mal sagten sie vielleicht ab, aber wenn sie erst einmal Kontakte geknüpft hatten, dann blühten sie richtig auf und genossen jede einzelne

Veranstaltung, da viele von ihnen schon lange sehr allein gewesen waren.

Bei Mr Woolsey hatte es am Anfang auch so gewirkt, als wäre er einfach nur aus Einsamkeit heraus verbittert. Vielleicht waren seine Frau und die Freunde, die er gehabt hatte, alle schon verstorben und er war der Einzige, der noch übrig geblieben war. Vielleicht fühlte er sich unsicher unter anderen Menschen und wusste nicht, wie er mit ihnen umgehen sollte.

Aber obwohl sie sich alle wirklich von Herzen und voller Hingabe um ihn bemüht hatten, bissen sie sich an ihm die Zähne aus. Egal was sie probierten und wie liebevoll sie auf ihn zugingen, er blockte alles ab, war unhöflich und ruppig und es passierte nicht selten, dass er die Pflegerinnen förmlich aus dem Zimmer warf.

Umso erstaunter war sie gewesen, dass er zugestimmt hatte, ihr seine Geschichte zu erzählen. Von all den Mitarbeiterinnen war sie es, die am besten mit Mr Woolsey zurechtkam und er war immer höflich zu ihr gewesen, aber mehr als ein, zwei Sätze am Stück hatte er auch mit ihr noch nie gewechselt.

Aber vielleicht war sie gerade deswegen so neugierig, was seine Lebensgeschichte betraf. Was hatte er wohl erlebt, das ihn zu dem Mann werden ließ, der er jetzt war? Man sagte nicht von ungefähr: *Stille Wasser sind tief.*

Mr Woolseys Tür stand offen, deshalb klopfte sie kurz an den Türrahmen und betrat dann den Raum.

„Ah, da sind Sie ja, pünktlich auf die Minute. Das ist gut, denn ich hasse unpünktliche Leute. Nicht, dass ich heutzutage noch wichtige Termine hätte, die meine Zeit knapp machen würden“, knurrte er.

Charlotte schluckte. *Das konnte ja heiter werden.*

„Wollen Sie während des ganzen Gesprächs im Türrahmen stehen bleiben, oder kommen Sie endlich rein? Es zieht nämlich gewaltig und Sie wollen doch nicht, dass ich an einer Lungenentzündung sterbe, bevor Sie mir all meine Geheimnisse entlockt haben."

Mr Woolsey wirkte heute besonders übellaunig.

„Wenn es Ihnen gerade nicht passt, kann ich gerne ein anderes Mal wiederkommen", versuchte sich Charlotte unauffällig aus der Situation zu ziehen.

„Nichts da. Ich habe gesagt, ich rede mit Ihnen, also rede ich mit Ihnen. Das ist noch so eine Marotte von euch jungen Leuten ... Unzuverlässigkeit! Wenn ich einen Termin ausgemacht habe, dann halte ich ihn auch ein. Außerdem ist es totaler Quatsch ... was sollte ich denn schon Besseres vorhaben, als mit Ihnen zu reden? Glauben Sie, ich verpasse ein wichtiges Meeting oder ein Galadinner?"

Sie wollte hier raus, und zwar umgehend. Sie war so stolz darauf, dass sie die Einzige war, zu der Mr Woolsey immer höflich gewesen war, aber so wie er momentan gelaunt war, musste sie während des Gesprächs nur irgendetwas Falsches sagen ... Falsch gucken reichte wahrscheinlich auch schon, um vor die Tür befördert zu werden.

„Na los, kommen Sie rein, ich beiße schon nicht", bellte dieser.

Da bin ich mir ehrlich gesagt nicht so sicher, dachte Charlotte und trat zögerlich ins Zimmer.

Als sie die Tür geschlossen hatte, bedeutete ihr Mr Woolsey, am Tisch Platz zu nehmen. Im Gegensatz zu vielen anderen Bewohnern hatte er keine Stühle am

Tisch vor dem Fenster, sondern zwei bequem ausse-
hende Sessel.

„Na los, nicht so schüchtern", sagte er ungeduldig.

Charlotte ließ sich vorsichtig im gegenüberliegenden
Möbelstück nieder und zog ihren Notizblock und ihren
Stift hervor. Wenn sie alles, was er sagte, aufschrieb,
musste sie wenigstens nicht die ganze Zeit sein mürri-
sches und griesgrämiges Gesicht anstarren und verär-
gerte ihn dann womöglich auch weniger.

„Ich habe gehört, dass Sie alle Bewohner nach ihren
Lebensgeschichten und ihren großen Lieben fragen
und diese dann in einem Roman veröffentlichen, damit
ihn auch andere Leute lesen können. Ich habe keine
Angehörigen und Freunde mehr und die Geschichte,
die ich Ihnen gleich erzählen werde, hat noch nie zuvor
jemand gehört und ich dachte mir, bevor ich sie mit ins
Grab nehme, wäre es schön, wenn sie auch jemand anderes lesen und so von Ginger und mir erfahren
würde", sagte Mr Woolsey.

Charlotte nickte nur stumm, da sie Angst hatte, etwas
Falsches zu sagen, denn das war bei Weitem die längste
Ansprache, die Mr Woolsey je von sich gegeben hatte.

„Wissen Sie, das mit Ginger und mir war etwas ganz
Besonderes und ich möchte nicht, dass diese Erinnerung einfach so mit mir verschwindet, denn dazu war
es etwas viel zu Wunderbares. Ich war ein achtzehnjäh-
riger Bengel und es war kurz vor dem Krieg, als ich Ginger kennenlernte. Meine Freunde Richard und Howard
hatten mich zu einer Tanzveranstaltung geschleppt, zu
der ich auf keinen Fall gewollt hatte. Wissen Sie, früher
hatte man nicht so viele Möglichkeiten etwas zu unter-
nehmen, man ging tanzen, ins Kino oder trieb sich

einfach in der freien Natur herum. Aber Tanzen war noch nie mein Ding gewesen, ich hatte ständig das Gefühl, ich würde über meine eigenen Füße stolpern und mich gehörig blamieren. Und da die Stadt, in der ich wohnte, nicht allzu groß war, konnte man davon ausgehen, dass es genug Mädchen und Jungen gab, die jedes Missgeschick meinerseits weitertratschen würden, und ich hatte keine Lust, das Stadtgespött zu werden. Aber Richard und Howard bestanden auf den Tanzabend, denn der Krieg bedrohte unser Land immer mehr und es war durchaus denkbar, dass es bald für lange Zeit keine solchen Veranstaltungen mehr geben würde, und wo sollte man sonst Mädchen in unserem Alter treffen und ungezwungen ins Gespräch kommen können?

Also ließ ich mich breitschlagen und kam mit, machte mir allerdings keine großen Hoffnungen, dass es ein interessanter Abend werden würde.

Im Nachhinein habe ich oft darüber nachgedacht, was passiert wäre, wenn ich an diesem Abend zu Hause geblieben wäre und Ginger nicht kennengelernt hätte. Wäre mein Leben dann besser oder schlechter verlaufen?

Die Veranstaltung war schon fortgeschritten und ich stand alleine herum, da Richard und Howard sich auf der Tanzfläche amüsierten, als ich meinen Blick über die Menge schweifen ließ und plötzlich das atemberaubendste Geschöpf der Welt erblickte. Ich möchte mich nicht wie ein kitschiger Frauenroman anhören, aber als ich dieses Mädchen, diese junge Frau erblickte, war es um mich geschehen. Obwohl ich sonst eher ein schüchterner Mensch bin und mich schwertue, neue

Kontakte zu knüpfen, bahnte ich mir einfach einen Weg durch die Menge, und stellte mich dem Mädchen vor.

Obwohl ich sie gar nicht kannte, sagte mein Herz mir sofort, dass Ginger die EINE für mich war. Ich liebte ihr Aussehen, den Klang ihrer Stimme und ihr Lachen. Und als wir uns zurückzogen, um uns besser kennenzulernen, stellte ich fest, dass sie außerdem intelligent war und einen tollen Sinn für Humor besaß. Wir unterhielten uns stundenlang und vergaßen vollkommen die Zeit und am Ende des Abends wusste ich, mit dieser Frau wollte ich den Rest meines Lebens verbringen. Ich weiß, das klingt absolut verrückt, aber genauso war es.

Und je länger wir uns trafen, desto intensiver wurde unsere Liebe zueinander. Richard und Howard neckten mich immer öfter, dass ich unter dem Pantoffel stehe, denn ich hatte keine Zeit mehr für die beiden. Aber das lag nicht daran, dass Ginger nicht wollte, dass ich mich mit meinen Freunden traf, es war nur einfach so, dass ich jede freie Sekunde mit ihr verbringen wollte. In meinem Leben gab es fortan nur noch sie. Ich war sehr erleichtert, dass meine Eltern sie ebenso mochten wie ich, überraschen tat es mich allerdings nicht ... Ginger war bezaubernd, man musste sie einfach lieben.

Nach ein paar Monaten geisterte der Gedanke an eine Hochzeit immer öfter in meinem Kopf umher. Natürlich waren wir noch sehr jung, aber ich war mir sicher, dass ich mein ganzes Leben mit Ginger verbringen wollte, warum also noch warten. Ich sprach sie vorsichtig auf das Thema an; unsicher, ob auch ihre Gefühle so stark wie die meinen waren. Aber ich hatte mir ganz umsonst Sorgen gemacht, Ginger konnte es ebenfalls nicht erwarten, meine Frau zu werden. Also verlobten wir uns und ich versuchte fortan so viel Geld wie nur möglich zu verdienen, um ihr den schönsten Ring, den ich finden konnte, zu kaufen.

Im Laufe der Wochen verkaufte ich alles, was ich entbehren konnte, denn der Ring sollte Ginger sprachlos machen, er sollte ihr zeigen, wie viel sie mir bedeutete.

In einem kleinen Antiquitätengeschäft fand ich nach wochenlangem Suchen endlich den absolut perfekten Ring. Ich versteckte ihn sorgsam vor Ginger, bis ich mir überlegt hatte, wie ich ihr einen ebenso perfekten Heiratsantrag machen konnte. Aber bevor ich dazu kam, erhielt ich von der Armee plötzlich meinen Einberufungsbefehl. Der Krieg wurde Monat für Monat schlimmer und ich war jung und gesund, deshalb hatte ich natürlich damit gerechnet, irgendwann einberufen zu werden, allerdings hatte ich irgendwie gehofft, noch mehr Zeit zu haben, denn ich hätte Ginger vorher gerne noch geheiratet. Andererseits war auch das vielleicht wieder ein Eingreifen des Schicksals. Ich hatte schon von jungen Männern gehört, die vorher schnell ihre Liebste geheiratet hatten und dann in diesem schrecklichen Krieg gefallen waren. Das wollte ich auf keinen Fall. So sehr ich Ginger auch liebte, ich wollte sie nicht mit unter zwanzig schon zur Witwe machen, das war nicht fair. Es brach mir das Herz, mir vorzustellen, dass meine Ginger vielleicht eines Tages ein Leben mit einem anderen Mann führte, aber es schmerzte mich noch mehr, sie mir ihr ganzes Leben lang einsam und verbittert vorzustellen. Ich denke, das zeigt, wie sehr man einen Menschen liebt ... nur das Beste für ihn zu wollen, auch wenn es vielleicht das Schmerzhafteste für einen selbst bedeutet.

Also zog ich in den Krieg und ließ die Liebe meines Lebens zurück. Den Ring steckte ich zu den wenigen Habseligkeiten, die ich mitnahm. Es war riskant, das war mir bewusst, denn in den Wirren des Krieges konnte ich dieses wertvolle Schmuckstück nur zu leicht verlieren, aber dieser Ring sollte mein Talisman werden.

Mein Rettungsanker, der mich Tag für Tag daran erinnerte, dass ich vorsichtig sein musste; dass zu Hause etwas Wunderbares auf mich wartete. Etwas, zu dem es sich lohnte, zurückzukehren.

Der Abschied von Ginger war das Schwerste, was ich bis dahin getan hatte. Es gab Tränen, es gab Streit und wir hielten uns stundenlang in den Armen, unfähig, uns zu trennen. Ich wollte sie nicht verlassen, aber ich hatte ja keine Wahl. Es gab kaum noch einen jungen Mann, der nicht weggeschickt worden war. Richard hatte das Schicksal bereits drei Monate zuvor ereilt und nun hatte ich erfahren, dass auch Howard eingezogen worden war.

Als ich in den Krieg zog, hatte ich anfangs noch die naive Hoffnung, dass es nicht für lange sein würde und dass ich schnell wieder nach Hause käme, aber diese Hoffnungen wurden durch den Schrecken des Krieges schnell vertrieben.

Anfangs dachte ich noch in jeder freien Minute an Ginger und malte mir unser zukünftiges Leben in den rosigsten Farben aus, aber je länger der Krieg dauerte, desto schrecklicher und mutloser fühlte ich mich. Ich kann gar nicht zählen, wie viele Stunden ich in

Finsternis in nassen Gräben gekauert habe oder wie oft
mich der Hunger fast den Verstand verlieren ließ.

Ich wollte mich von diesem sinnlosen Krieg nicht verändern oder gar zerstören lassen, aber das sagt sich so
leicht. Mit jedem Freund, den ich dort gewonnen hatte
und dessen Tod ich mit ansehen musste, starb auch ein
Stück meiner alten Persönlichkeit. Anfangs litt ich tagelang, wenn einer meiner Kameraden erschossen
oder von einer Bombe zerfetzt wurde, ich lag nachts
schlaflos da, weil ich nicht aufhören konnte, daran zu
denken, was nun aus seiner Frau und seinen Kindern
wurde. Ich haderte mit meinem Schicksal, ja selbst mit
Gott, weil ich nicht begreifen konnte, wie er all das zulassen konnte.

Doch je länger der Krieg andauerte und je mehr ich
unter all den Entbehrungen litt, umso mehr veränderte
ich mich unmerklich. Es war, als würde sich mein Herz
verhärten, um zu verhindern, dass es irgendwann
brach.

Und wenn nun einer meiner Kameraden starb, lag ich
nachts wach und dachte: Zum Glück hat es ihn erwischt
und nicht mich!

Ich hasste die Person, zu der ich geworden war, aber
ich musste diese Person sein, um zu überleben. Denn zu
überleben war das Einzige, was zählte. Immer wieder
nahm ich den Ring, den ich Ginger hatte schenken wollen, umschloss ihn so fest mit meiner Faust, dass er in
meine Handfläche schnitt, und dachte daran, dass ich
zu Ginger zurückwollte, um das Leben zu führen, das
wir uns immer erträumt hatten.

Mittlerweile war der Herbst angebrochen und zu dem
Hunger kam jetzt auch noch die bittere Kälte der

Nacht. Mit Schrecken dachte ich an die eisigen Monate, die noch folgen würden und die bestimmt viele von uns erfrieren lassen würden, denn wir waren mittlerweile alle unterernährt und viele von uns krank.

Am 25. September passierte schließlich das, wovor ich mich immer gefürchtet hatte: Unsere Einheit geriet in einen Hinterhalt! Wir waren so vorsichtig gewesen, hatten nach allem Verdächtigen Ausschau gehalten, aber es hatte nichts genützt, der Feind schlug erbarmungslos zu. Bevor auch nur einer von uns reagieren konnte, flogen die Kugeln um uns herum und Granaten rissen kraterähnliche Löcher in den Boden. Und während um uns die Welt explodierte, hörte ich auf einmal das Rotieren eines Hubschraubers. Ich schrie aus Leibeskräften eine Warnung zu meinen Kameraden, da fielen auch schon die Bomben auf uns herab. Überall hörte ich ohrenbetäubende Schreie und die Welt versank in orangeroten Feuerschein. Ich versuchte zu einem Graben zu flüchten, als mich auf einmal etwas am Kopf traf. Ich schloss die Augen und sah Ginger vor mir, bevor die Welt in tiefes Dunkel versank.

Ich selbst weiß von dieser Zeit gar nichts mehr, aber ein Kamerad, der ebenfalls überlebt hat, hat mir später im Krankenhaus davon berichtet.

Zwei meiner Kameraden schleiften mich in den Graben, den ich versucht hatte, zu erreichen, und kämpften erbittert weiter.

Sobald sich die Lage ein wenig beruhigt hatte, wurden ich und einige andere Männer aus der Gefahrenzone gebracht, in einem Lazarett notdürftig versorgt und dann bei der ersten sich bietenden Gelegenheit aus dem Kriegsgebiet geflogen.

Es hatte mich schwer erwischt und es war lange nicht
klar, ob ich das Ganze überhaupt überleben würde. Ich
hatte einen Schädelbruch, beide Beine und fast alle
meine Rippen waren gebrochen und meine Milz
musste entfernt werden.

Aufgrund der Schädelverletzung lag ich über zwei
Monate im Koma und bekam nichts von der Welt um
mich herum mit.

Als ich wieder wach war, kam mir alles unwirklich
vor, denn meine letzte Erinnerung war, dass ich inmit-
ten von Bombenhagel und Gewehrsalven das Bewusstsein verloren hatte, und jetzt befand ich mich in relativer Sicherheit und es waren zwei Monate vergangen.
Was war in dieser Zeit alles passiert, von dem ich nichts
wusste?

Es dauerte weitere schmerzhafte Wochen der Rehabi-
litation, bis ich wieder einigermaßen laufen konnte,
und ich fühlte mich unglaublich schnell erschöpft. Und
wieder war Gingers zukünftiger Ehering mein Rettungsanker. Es musste Schicksal sein, denn ich hatte all
meine Habe verloren, als ich hierhergeflogen war, aber
den Ring hatte ich in der Brusttasche meiner Uni-
formjacke aufbewahrt, damit ich ihn stets nahe an meinem Herzen tragen konnte, und so war er das Einzige,
was mich aus dem Krieg hinausbegleitet hatte. Auch
jetzt, in den langen Stunden des Stillliegens im Bett und
später bei der schmerzhaften Genesung, war er mein
Trostspender, denn wenn ich ihn ansah, dann konnte
ich meine Zukunft mit Ginger sehen. Und ich war mir
sicher, wenn ich Ginger wieder in meiner Nähe hatte
und ihre Liebe mich Tag für Tag umfing, dann würde
ich es wieder schaffen, der Mann zu werden, der ich

gewesen war, bevor ich in den Krieg zog. Gingers Liebe, ihre strahlenden Augen und ihre wärmenden Umarmungen würden mein zu Eis erstarrtes und verbittertes Herz wieder zum Schlagen bringen. Denn sie war der Grund, warum ich hatte überleben wollen und warum ich so hart dafür gekämpft hatte.

Pünktlich zum Weihnachtsfest ging es mir endlich so gut, dass ich entlassen werden und die Heimreise antreten konnte. Ich humpelte noch und war auf Krücken angewiesen und auch meine Rippen schmerzten oft unerträglich, aber die Aussicht, Weihnachten zu Hause mit Ginger verbringen zu können, ließ all das verblassen. Trotzdem trieb mich die tagelange und beschwerliche Zugreise an meine Grenzen und ich hatte das Gefühl, vor Erschöpfung zusammenzubrechen.

Erst als ich am Heiligabend aus dem Zug stieg und meinen Heimatbahnhof sah, der mir so vertraut war, kehrten meine Lebensgeister wieder zurück. Bereits am Vortag hatte es angefangen zu schneien und die Welt mit Schnee zu bedecken, und als ich mit meinen Krücken am Bahnhof stand, in den Himmel blickte und den Schneeflocken beim Fallen zusah, genoss ich die Stille und spürte zum ersten Mal wieder etwas Frieden in meinem Inneren. Ich hatte es geschafft, ich war heimgekehrt und würde bald meine große Liebe wiedersehen. Heute würde es das perfekteste Weihnachtsgeschenk aller Zeiten geben. Ginger und ich würden wieder vereint sein und ich würde ihr am Heiligen Abend unter dem Weihnachtsbaum, im Kreis ihrer Familie einen Antrag machen.

Ich sah schon ihre strahlenden Augen vor mir und hörte, wie sie ein leises Ja auf meine Frage flüsterte.

Da der Weg zu Gingers Elternhaus zu weit war, rief ich mir ein Taxi. Natürlich hätte ich Gingers Eltern oder meiner Familie Bescheid sagen können, aber ich wollte Gingers Gesicht sehen, wenn ich plötzlich unverhofft vor ihr stand.

Der Taxifahrer war sehr freundlich und fragte mich, was mich an Heiligabend reisen ließ, ob ich zu meiner Familie wollte? Ich hatte darauf verzichtet, meine Uniform zu tragen und stimmte deshalb zu, dass ich Weihnachten mit meiner Familie und meiner Verlobten verbringen wollte.

Ich ließ mich vom Taxifahrer bis zum Anfang der Straße bringen, in der Ginger wohnte, und stieg dann aus.

Der eisige Wind ließ mich nach Luft schnappen und ich wickelte den Schal enger und schlug den Mantelkragen hoch. Nachdem ich den Fahrer bezahlt hatte, warf ich mir vorsichtig die Tasche über die Schulter und machte mich dann mit den Krücken auf den Weg. Wegen des Schnees auf dem Boden war das Ganze ein sehr schwieriges Unterfangen und kostete meine ganze Aufmerksamkeit. Ich schaute nur noch auf meine Füße und auf die Straße, damit ich nicht ausrutschte und mir meine gerade verheilten Beine erneut brach. Dadurch, dass ich den Weg vor meinem Kriegsdienst jeden Tag gegangen war, kannte ich jeden Winkel und musste gar nicht hochschauen, um mich zu orientieren. Die Straße, in der Ginger wohnte, war eine Sackgasse und das Haus ihrer Eltern befand sich ganz am Ende dieser Gasse und war somit nicht zu verfehlen.

Ich jubelte innerlich, denn ich hatte die ganze Strecke geschafft, ohne hinzufallen. Jetzt musste ich nur noch den kurzen Weg durch den Garten schaffen und dann stand ich endlich vor Gingers Tür. Ich schaute nach vorn, um zu sehen, ob Gingers Vater den Weg gestreut hatte, und verharrte mitten im Schritt.

Ich war plötzlich unfähig, mich zu bewegen, und konnte nur mit weit aufgerissenen Augen nach vorne starren … zu dem Punkt, wo bis vor meiner Abreise das Haus von Gingers Familie gestanden hatte. Jetzt befand sich dort eine Ruine mit einem Berg voll Trümmer und Schutt. Das Haus war vollkommen zerstört, ausgebombt worden und dann bis auf die Grundmauern niedergebrannt. Ich wollte einen Schrei ausstoßen, aber mein Hals schien sich zusammenzuschnüren und ich erstickte fast an dem Brüllen, das nicht herauskonnte. Ich nahm meine Krücken hoch und ließ mich vorsichtig zu Boden sinken, denn meine Beine wollten das Gewicht meines Körpers plötzlich nicht mehr tragen. Es lag Schnee, der Boden darunter war tiefgefroren, aber all das war mir egal. Ich konnte nur noch dort sitzen und die Trümmer anstarren, die meine große Liebe unter sich begraben hatten. Einen kurzen Moment flackerte die Hoffnung in mir auf, dass sie rechtzeitig von dem Bombenangriff erfahren hatte und zu den Nachbarn oder dem nächstgelegenen Bunker geflohen war, aber ich hatte lang genug an vorderster Front gekämpft, um zu wissen, wie rasend schnell und überraschend die Bomber angriffen. Und ein kurzer Blick über die gesamte Straße zeigte mir, dass die anderen Häuser entweder ebenfalls zerbombt oder so schwerbeschädigt waren, dass man sie verlassen hatte.

Ich hatte den Krieg überstanden und hatte meine lebensgefährlichen Verletzungen überlebt, nur um nach

Hause zurückzukehren und festzustellen, dass Ginger tot war! Ich war so mit mir beschäftigt gewesen, dass ich die Möglichkeit, dass sie ebenfalls im Krieg sterben könnte, nicht eine einzige Sekunde lang in Betracht gezogen hatte. Ich hatte nie für möglich gehalten, dass sie aufgrund eines Bombenangriffs sterben könnte, wo ich doch Tag für Tag direkt gegen den Feind gekämpft hatte.

Wie konnte das sein? Ich schrie innerlich und fragte Gott unaufhörlich, warum er das zugelassen hatte. Wie konnte das Schicksal so grausam zu uns sein? Wir gehörten zusammen, wir liebten uns zutiefst, und wenn jemand hätte sterben können, dann doch wohl ich.

Ich weiß nicht, wie lange ich auf der eiskalten Straße saß und weinte, mir war jegliches Zeitgefühl abhandengekommen, aber es muss sehr lange gewesen sein, denn der weiterhin herabfallende Schnee bedeckte mich irgendwann ebenfalls wie ein dünner Teppich. Aber all das Romantische, was ich beim Anblick der weißen Winternacht verspürt hatte, war nun verflogen. Der Schnee kam mir grausam vor, so wie ein Leichentuch, das mich umhüllte und mir die Luft zum Atmen nahm. Ich schrie meinen Schmerz wie ein waidwundes Tier in die Nacht hinaus, aber niemand hörte mich. All die Fenster der Häuser um mich herum waren schwarz und verlassen.

Irgendwann erhob ich mich mühsam wieder und griff nach meinen Krücken, da nun nicht nur das Gefühl, sondern auch der Schmerz wieder in meine Beine zurückfand.

Ich war schwer verletzt worden, ich war mitten im Kriegsgefecht gewesen und ich hatte überlebt! Warum?

Warum hatte ich überlebt, wenn der einzige Grund, zu überleben, mir wie ein makabrer Schicksal-Scherz entrissen worden war?

Ich hatte in der ganzen Zeit, die ich weg gewesen war, nur zu ihr zurückgewollt, hatte von unserem zukünftigen Leben geträumt und das Einzige, was mir geblieben war, war ein zerbombtes Haus und ein Verlobungsring, den ich ihr an diesem Heiligabend hatte schenken wollen."

Der Mann fing an zu weinen und ich wusste nicht, wie ich reagieren sollte. Solange ich Mr Woolsey kannte, war er ein mürrischer, unfreundlicher Griesgram gewesen. Ich hatte nicht geahnt, dass er auch solch eine Seite besaß. Aber das war genau das, was ich meinte.

Es gab einen Grund, warum Mr Woolsey so verbittert und einzelgängerisch war, die Schicksalsschläge, die er erlebt hatte, hatten ihn gebrochen, sein Wesen verändert ... und so war es bei jedem Menschen. Man musste sich nur die Zeit nehmen, demjenigen zuzuhören, wenn er seine Geschichte erzählte.

Ich beschloss, meine Angst, abgewiesen zu werden, über Bord zu werfen, stand auf, ließ mich neben Mr Woolseys Sessel in die Hocke sinken und schloss meine Arme um ihn.

Und wieder wurde ich überrascht. Statt zurückzuweichen und Distanz zu wahren, legte der alte Mann seinen Kopf auf meine Schulter und ließ seinen Gefühlen noch mehr freien Lauf. Es schien, als würde sich nun all das lösen, was so viele Jahre tief vergraben in ihm geschlummert hatte. Ich strich beruhigend über seinen gebeugten knochigen Rücken und hatte das Gefühl, ebenfalls weinen zu müssen, weil mir Mr Woolsey so leidtat; der junge Emerson von einst und auch der alte Mann, den die Liebe zerbrochen hatte.

Ich sagte kein Wort, sondern spendete nur still Trost, während Mr Woolseys Weinen langsam verebbte. Irgendwann richtete er sich auf, rieb sich grob über das Gesicht und sagte leise: „Was müssen Sie jetzt nur über mich denken. Ein alter Knacker, der hier sitzt und flennt wie ein kleines Baby."

Ich suchte Mr Woolseys Blick und antwortete: „Ich denke, dass Sie Ginger unglaublich geliebt haben und dass sie bis heute einen Platz in Ihrem Herzen hat."

Der alte Mann rückte den Sessel zurück und stand schwerfällig auf. Er wischte sich noch einmal mit dem Pulloverärmel sein Gesicht trocken und ging dann zu einem altmodischen Sekretär. Dort zog er eine kleine Schublade heraus und kam zu mir zurück, um mir dessen Inhalt in die Hand zu drücken.

Mir stockte der Atem, als mir bewusst wurde, was ich gerade auf meiner Handfläche betrachtete.

Es war der Verlobungsring, den Emerson für Ginger gekauft hatte. Für den er so hart gearbeitet und gespart hatte, um ihn zu erwerben. All die Jahre hatte er den Ring aufbewahrt. Obwohl er schon so alt war, funkelte der kleine Stein, als wäre er gerade erst in den Ring eingesetzt worden. Ich sah vor meinem geistigen Auge, wie Emerson den Ring regelmäßig hervorholte und sorgfältig polierte.

Über fünfzig Jahre hatte er die Erinnerung an seine große Liebe bei sich gehabt und sie nicht verkauft oder jemand anderem gegeben.

„Es gab keine andere Frau, der Sie den Ring jemals geschenkt haben?"

Er sah mich verständnislos an. „Wie könnte ich das
tun? Es ist doch Gingers Ring. Auch wenn das Schicksal
uns auseinandergerissen hat, ist dieser Ring für *sie* bestimmt gewesen. Als ich ihn ausgesucht habe, habe ich
an Ginger gedacht und daran, was ihr gefallen könnte.
Ich kann doch nicht einfach hingehen und diesen Ring
der Nächsten schenken, die mir über den Weg läuft.
Das ist Gingers Ring, auch wenn ich nie ihr Gesicht sehen konnte, wenn sie ihn überstreift, gehört er doch für
immer ihr."

Ich schluckte bewegt und sagte leise: „Das verstehe
ich natürlich. Haben Sie denn jemals geheiratet und
eine Familie gegründet?"

Emerson schüttelte den Kopf. „Nein, Ginger war die
EINE für mich. Natürlich habe ich im Laufe meines Lebens andere Frauen kennengelernt, gerade nach dem
Krieg, gab es unendlich viele Kriegswitwen, die Trost
gesucht haben und die plötzliche Einsamkeit nicht er-
trugen. Ich will nicht sagen, dass alle Frauen, die ich
kennengelernt habe, schlecht waren, das wäre nicht
fair. Viele von ihnen waren lieb und nett und hätten bestimmt tolle Ehefrauen und Mütter abgegeben, aber sie
alle waren nicht Ginger, verstehen Sie? Ich weiß nicht,
wie ich es beschreiben soll ... am Anfang war ich von
Trauer so überwältigt, dass ich jahrelang nicht aus dem
Haus ging und kein Interesse an anderen Frauen hatte.
Dann irgendwann beschloss ich wieder weiterzuleben.
Ich lernte nette Frauen kennen, aber irgendwann kam
immer unweigerlich der Zeitpunkt, an dem ich anfing,
sie mit Ginger zu vergleichen.

Ginger hätte das aber besser gemacht ... Ginger war romantischer ... Gingers Augen funkelten viel mehr im Kerzenlicht ... Ginger hätte dies ... Ginger hätte das ...

Egal, wie sehr ich mich bemühte, ich verglich sie alle mit meiner großen Liebe und sie alle verloren gegen sie. Wobei es eigentlich lächerlich war ... Ginger war bei Weitem nicht perfekt und was hatten wir uns oft gefetzt. Aber jetzt, da sie nicht mehr da war, war all das nebensächlich und es gab keine perfektere Frau als Ginger für mich. Wenn man jemanden sehr liebt und sich dann von ihm trennt oder ihn verliert, sagt man oft: Sie wird immer ein kleines Stückchen meines Herzens besitzen.

Bei mir war es aber genau andersherum. Meine Liebe zu Ginger schien mein komplettes Herz zu beschlagnahmen und nur einen winzig kleinen Raum für etwas anderes freizulassen. Und dieser Raum reichte einfach nicht aus, um jemanden genug zu lieben, um mit ihm ein gemeinsames Leben zu führen. Das wäre der Frau gegenüber einfach nicht fair gewesen, denn meine Liebe hat immer nur der einen gehört und das hat sich bis heute nicht geändert. Also nein, ich war niemals verheiratet, hatte nie eine nennenswerte lange Beziehung und daher auch keine Kinder. Natürlich hätte ich gerne eine Familie gegründet, aber eben nur mit Ginger. Und sie wäre eine einzigartige Mutter und eine wundervolle Ehefrau geworden, das weiß ich sicher.

Wissen Sie, ich glaube nicht an diesen neumodischen Quatsch, dass es mehrere große Lieben für einen Menschen gibt. Ich bin fest davon überzeugt, dass es für jeden Menschen nur eine große Liebe gibt. Manche haben Glück und finden sie sehr früh, andere müssen bis ins hohe Alter suchen, bis sie ihnen begegnet und dann gibt es Leute, wie mich, die sie unglaublich früh finden und dann, weil das Schicksal es so vorgesehen hat, wieder verlieren. Aber das Ganze ist kein großes Büfett oder ein Fließband, wo man sich einfach die Nächste greift. Man hat *eine* Chance, und wenn man seine große Liebe gefunden hat, dann muss man sie festhalten. Oder, wie in meinem Fall, dankbar für die Zeit sein, die einem geschenkt wurde und für den Rest seines Lebens versuchen, die Erinnerung daran so lebendig wie möglich zu halten." Der alte Mann nahm den Ring aus Charlottes Handfläche und strich zärtlich mit seinen altersfleckigen Händen über den schmalen Goldreif.

Charlotte nahm das Notizbuch, in das sie während des Gesprächs fleißig Notizen gemacht hatte, zur Hand, und steckte dann das Foto, das sie von Agnes St. Claire bekommen hatte, wieder als Lesezeichen zwischen die Seiten. Dabei stieß sie ihren Kugelschreiber mit dem Ellenbogen vom Tisch. Während sie unter dem Tisch nach dem Stift tastete, fragte Mr Woolsey: „Wo haben Sie das denn bloß aufgetrieben? Das gibt's ja nicht."

Charlotte hob den Kopf und knallte prompt von unten gegen die Tischplatte. „Autsch. Was habe ich aufgetrieben?", fragte sie, während sie mit schmerzverzerrtem Gesicht unter dem Tisch hervorkam und sich den Scheitel rieb.

Da sah sie, dass Mr Woolsey das Bild aus ihrem Notizbuch hochhielt und fassungslos betrachtete.

„Ich kann es nicht glauben, Sie haben tatsächlich ein Bild von Agnes und mir aufgetrieben. Wie ist das möglich? Ich selbst habe nur ein einziges besessen, aber das habe ich im Krieg verloren. Hat Agnes Verwandte, die noch leben, oder haben Sie das in einem Archiv aufgetrieben? Das müssen Sie unbedingt ins Buch mit aufnehmen. Mein Gott, sie ist noch viel schöner, als ich sie in Erinnerung hatte. Wäre es vielleicht möglich, dass Sie auch einen Abzug für mich machen?" Er starrte das Foto an und strich mit den Fingern unendlich zärtlich über das Gesicht der jungen Frau, die so ausgelassen in die Kamera lächelte.

„Was meinen Sie?", fragte Charlotte immer noch ein bisschen geistesabwesend wegen ihres schmerzenden Kopfes.

„Das Foto, das Sie besorgt haben, was mich mit meiner großen Liebe zeigt."

„Ich dachte, Ginger wäre die einzige Liebe in Ihrem Leben gewesen?", erkundigte sich Charlotte, die nun vollends verwirrt war.

Emerson nickte. „Ja, von ihr spreche ich doch", bestätigte er und zeigte auf das Foto.

„Aber das ist nicht Ginger, das ist Agnes St. Claire."

Abermals nickte Emerson, ohne den Blick von dem Foto zu nehmen. Dann stieß er ein tiefes Lachen aus, das unglaublich seltsam aus seinem Mund klang. Solange sie denken konnte, hatte sie Emerson Woolsey noch nie lachen gehört.

„Es tut mir leid, aber ich fürchte, ich kann Ihnen nicht mehr folgen", meinte Charlotte.

Emerson tippte auf das Gesicht der jungen Frau. „Das ist die Frau, die ich heiraten wollte: Agnes St. Claire. Weil wir so unglaublich verschossen ineinander waren und keine Minute voneinander getrennt sein wollten, nannten uns unsere Freunde und selbst unsere Eltern nur noch Fred und Ginger. Nach Fred Astaire und

Ginger Rogers", erklärte Emerson ihr mit einem Schmunzeln.

Es dauerte immer noch einen Moment, bis bei Charlotte erst der Groschen und dann förmlich eine ganze Münzsammlung fiel.

Während Mr Woolsey das Foto betrachtete und anscheinend in der Vergangenheit verweilte, fügten sich bei Charlotte alle Puzzleteilchen zusammen.

Das Foto, das der alte Mann in Händen hielt, hatte sie von Agnes St. Claire bekommen. Diese hatte ihr vor einiger Zeit ebenfalls von ihrer großen Liebe erzählt. Ein Mann, der in den Krieg ziehen musste, und der plötzlich verschwand ... von dem sie nicht wusste, ob er gestorben war oder sie einfach nicht mehr hatte wiedersehen wollen. Und die aufgrund der Kriegswirren weggezogen war.

Ein junger Mann namens Fred ... Fred und Ginger ... jetzt ergab plötzlich alles einen Sinn.

Fred beziehungsweise Mr Woolsey hatte sie nicht verlassen und sich deshalb nicht mehr gemeldet, sondern hatte schwer verwundet und ohne Bewusstsein in einem Krankenhaus gelegen. Und als er zurückgekommen war, hatte er nur ein zerbombtes Haus vorgefunden. Aber Ginger, oder besser gesagt Agnes, war gar nicht im Bombenhagel gestorben, sondern war schon vorher mit ihrer Familie auf das sichere Land geflüchtet.

Wenn man die Hintergründe kannte, war alles so offensichtlich, aber für Emerson und Agnes hatte es so ausgesehen, als wäre ihre große Liebe im Krieg gestorben.

Charlotte blickte Mr Woolsey an, der immer noch mit roten Wangen das Foto betrachtete. Sollte sie es ihm sagen? Alles in ihr drängte danach, mit ihrer großen Nachricht herauszuplatzen, aber war das der richtige Weg? Emerson war schon alt und das Gespräch hatte ihn sichtlich aufgewühlt und erregt, diese Nachricht wäre bestimmt zu viel für ihn.

Außerdem kam ihr gerade etwas anderes in den Sinn.

„Ja, Mr Woolsey, ich habe das Foto in einem Archiv auftreiben können. Ich kann Ihnen sagen, das war kein leichtes Stück Arbeit. Wissen Sie was, es dauert noch ein Weilchen, bis ich das Foto für das Buch brauche, solange können Sie es gerne behalten", sagte Charlotte.

„Das wäre wirklich wunderbar", entgegnete Mr Woolsey und lehnte das Foto an eine kleine Uhr, die auf seinem Nachttisch stand, sodass er das Foto vom Bett aus betrachten konnte.

„Ich muss jetzt leider wieder los, Mr Woolsey, aber ich danke Ihnen vielmals dafür, dass Sie Ihre Geschichte mit mir geteilt haben. Ich kann mir vorstellen, dass es nicht einfach für Sie gewesen ist", meinte Charlotte mitfühlend.

Emerson Woolsey blickte sie erstaunt an. „Um ehrlich zu sein, war es zwar einerseits sehr schmerzhaft, aber auf der anderen Seite auch sehr schön. Wenn ich von Ginger spreche und von unserer gemeinsamen Vergangenheit, dann wird sie wieder lebendig vor meinen Augen. Plötzlich sehe ich ihr Gesicht wieder so klar vor mir wie damals und ich kann sie sogar wieder riechen. Sie trug immer Chanel No. 5. Manchmal, wenn ich sie besonders schlimm vermisse, gehe ich in eine

Parfümerie und rieche dort an dem Flakon des Parfüms und sofort sind alle Erinnerungen an Ginger wieder da.

Und wenn ich über sie spreche, dann höre ich plötzlich wieder ihr wunderbares Lachen und erinnere mich an all die schönen Stunden, die uns geschenkt worden sind. Natürlich schmerzen diese Erinnerungen, weil ich sie so früh verloren habe, aber die schönen Augenblicke überwiegen den Schmerz. Deshalb bin ich immer glücklich, wenn ich mit jemandem über die Liebe meines Lebens sprechen kann."

„Ich würde sehr gerne bald noch einmal wiederkommen und mehr Geschichten über Ginger und Sie erfahren, wenn Sie Zeit und Lust hätten."

Mr Woolseys Augen leuchteten auf. „Das wäre schön. Es gibt noch so viel, was Sie noch nicht über Ginger wissen. Ich glaube, ich könnte noch stundenlang von ihr erzählen."

„Na dann, abgemacht. Ich muss jetzt weiterarbeiten, aber sobald es geht, komme ich wieder. Vielleicht kann ich irgendwo einen schönen heißen Tee organisieren und dann möchte alles über Ginger erfahren."

Als sie sich von Mr Woolsey verabschiedete und die Tür schloss, warf sie noch einen letzten Blick auf den alten Mann und stellte fest, dass er völlig verändert wirkte. Nichts erinnerte mehr an den griesgrämigen Eigenbrötler, den sie kannte. Sie wusste nicht, ob es einfach daran lag, dass sie ihn jetzt mit anderen Augen sah, oder ob die Erinnerungen an Ginger den Emerson zum Vorschein brachten, der er einst gewesen war. Ein junger romantischer Mann, der von einer glücklichen Zukunft mit seiner großen Liebe träumte.

Und jetzt ergab auch seine Abneigung gegen Weihnachten und allem, was damit zu tun hatte, einen Sinn. Er verband mit Weihnachten nur den Tag, an dem er seine große Liebe für immer verloren hatte und jeder Mistelzweig und jedes Weihnachtslied riss in ihm die alte Wunde wieder auf. Deshalb zog er sich davon zurück und versuchte Weihnachten, so gut es ging, zu vergessen.

CHARLOTTE

Heute war Heiligabend und zum ersten Mal seit Kindestagen war sie an diesem Tag unglaublich aufgeregt. Ihr Herz klopfte wie wild und ihre Wangen waren von der Aufregung ganz gerötet. Schon den gesamten Tag hetzte und wuselte sie herum, damit alles, was sie geplant hatte, auch funktionierte.

Dabei ging es nicht um den Heiligabend, den sie zu Hause feiern würde, sondern um etwas, was sie noch im Pflegeheim zu erledigen hatte.

Ihre und Dannys Eltern würden erst um 20.00 Uhr zu ihnen kommen, das hieß, ihr blieb noch genügend Zeit, um alles andere zu organisieren.

Zunächst einmal erledigte sie ihre normale Arbeit, wusch die Patienten, half ihnen beim Ankleiden und begleitete sie zum Frühstück und zum Mittagessen.

Dann wurden im Aufenthaltsraum Kerzen angezündet, die Lichterketten des Weihnachtsbaumes angeschaltet und eine der älteren Damen spielte auf dem Klavier Weihnachtslieder. Alle Senioren und auch die Mitarbeiter fanden sich ein, um Lieder zu singen und anschließend das Weihnachtsgebäck zu verzehren, das ihnen jedes Jahr großzügig von einer Bäckerei gespendet wurde und das wirklich unglaublich lecker schmeckte.

Im Anschluss daran verteilten sie noch Geschenktütchen, in denen sie eine kleine Aufmerksamkeit für ihre Bewohner gepackt hatten.

Es war bereits 16.00 Uhr, als die Senioren auf ihre Zimmer gingen oder, falls sie allein nicht mehr mobil genug waren, von ihnen gebracht wurden.

Nun ging die eigentliche Arbeit für Charlottes Weihnachtsüberraschung los. Sie hatte in den letzten Tagen schon einiges vorbereitet und auch mit den zuständigen Mitarbeitern gesprochen, von denen sie Hilfe brauchte, um ihre Idee realisieren zu können.

Schon den ganzen Tag kreisten ihre Gedanken nur noch darum und sie hoffte inständig, dass alles so klappte, wie sie es sich vorstellte und dass es genau so werden würde, wie Charlotte es sich erträumte. Sie hätte gerne mit Danny über ihren Plan gesprochen und ihn nach seiner Meinung dazu gefragt, aber dann hatte sie sich doch dagegen entschieden. Er würde die Tragweite des Ganzen gar nicht begreifen und wahrscheinlich irgendetwas Abfälliges sagen, das Charlotte nur traurig machen würde. Also hatte sie dieses Geheimnis für sich behalten und nun platzte sie fast vor lauter Aufregung.

Was mache ich eigentlich, wenn mein ach so toller Plan gar nicht so toll war und in einer absoluten Katastrophe und in einem Desaster endet?

Aber diesen Gedanken ließ Charlotte nicht zu. Heute war der Heilige Abend, und wenn es einen Tag für Wunder gab, dann war es dieser.

Sie traf die letzten Vorbereitungen und um kurz vor fünf, ging sie zu Agnes St. Claire.

„Kind, was machen Sie denn noch hier? Sollten Sie nicht schon längst daheim bei Ihrer Familie sein?", fragte Agnes gut gelaunt.

„Ja, das stimmt. Ich bin schon fast auf dem Weg, aber es gibt noch zwei Kleinigkeiten, die ich mit Ihnen klären wollte", entgegnete Charlotte.

Bei diesen Worten zog sie ein kleines, liebevoll eingepacktes Päckchen hervor und überreichte es der alten Dame.

„Was ist das denn? Ich habe doch mein Geschenktütchen schon bekommen", erkundigte sich Mrs St. Claire verwirrt.

„Packen Sie es doch aus", forderte Charlotte sie augenzwinkernd auf.

Agnes St. Claire kam der Aufforderung nach und schnappte überrascht nach Luft, als sie den Flakon erblickte.

„Mein Gott. Chanel No. 5 ... Woher wissen Sie, dass ich das immer benutzt habe? Aber das kann ich doch nicht annehmen, das ist viel zu teuer."

Charlotte schüttelte vehement den Kopf. „Sie haben mir so sehr mit meinem Buch geholfen. Ohne Ihre Liebesgeschichte wäre mein Roman nicht vollständig. Das ist nur ein kleines Dankeschön von mir", entgegnete Charlotte, nahm der alten Dame das Parfüm aus der Hand und besprühte sie damit. „Damit Sie nicht auf die Idee kommen, es nicht anzunehmen ... denn jetzt ist es benutzt und ich kann es nicht mehr umtauschen", meinte Charlotte lachend.

„Ich weiß gar nicht, was ich sagen soll", entgegnete Agnes und lächelte glücklich.

„Glauben Sie mir, dieses Geschenk haben Sie mehr als verdient, und jetzt, da Sie so gut duften, kann ich ja direkt zum zweiten Grund meines Besuchs kommen.

Ein paar meiner Kolleginnen und ich haben eine
kleine Überraschung für einige Bewohner vorbereitet,
die uns besonders am Herzen liegen. Da es nur für einige spezielle Menschen ist, haben wir es nicht an die
große Glocke gehängt. Unsere Küchenkräfte haben
heute Überstunden gemacht und ein kleines Drei-
Gänge-Weihnachtsmenü gekocht. Wir veranstalten
also ein kleines feierliches Candle-Light-Dinner, damit
der Heiligabend auch einen schönen Abschluss findet
und Sie gehören mit zu den Menschen, die wir ausge-
wählt haben", erklärte Charlotte der alten Dame.

„Ich? Das ist ja wundervoll. Vielen, vielen Dank. Aber
ich habe gar nichts anzuziehen", erwiderte Agnes aufgeregt.

Charlotte betrachtete die alte Dame aufmerksam. „Sie
sehen wundervoll aus, Agnes. So wie Sie sind, sind Sie
perfekt."

Und es stimmte. Anlässlich des Weihnachtstages
hatte Agnes eine schlichte schwarze Hose, elegante Bal-
lerinas und einen strahlend weißen Angora-Pullover
mit kleinen blauen Schneeflocken an, deren Farbe
wunderbar Agnes funkelnde Augen hervorhob. Auch
ihre Haare waren sorgfältig frisiert ... Charlotte wüsste
nichts, was sie an Agnes Aussehen noch verbessern
könnte.

„Wann ist es denn so weit?", fragte Agnes St. Claire,
die nun breit lächelte und vor Aufregung ebenfalls rote
Wangen hatte, was sie augenblicklich Jahrzehnte jün-
ger aussehen ließ.

„Jetzt!", antwortete Charlotte und streckte Mrs St.
Claire die Hand entgegen, um ihr aus dem Stuhl zu helfen.

Agnes war so verdutzt, dass sie die Hand sofort ergriff und sich hochziehen ließ. Dann hakte sich die alte Dame bei Charlotte unter und ließ sich von ihrem Gebäude in das Haupthaus geleiten. Von dort aus ging es dann in Richtung Speisesaal. Kurz bevor sie diesen erreicht hatten, bog Charlotte allerdings nach rechts ab und steuerte eine der Türen an, die sich in der Nähe befanden. Denn für das, was Charlotte vorhatte, war der Speisesaal viel zu groß und steril. Da heute Heiligabend war und das Zimmer sowieso nicht benutzt wurde, hatte sie sich den Therapieraum eines hier praktizierenden Arztes „ausgeliehen". Mithilfe einer anderen Schwester hatte sie diesen bereits heute Morgen in ein romantisches Winter-Wunder-Land verwandelt. An den Wänden spendeten Lichterketten ein dämmeriges Licht, den Schreibtisch, der normalerweise hier stand, hatten sie herausgetragen und durch einen kleinen runden Tisch mit zwei Stühlen ersetzt. Von zu Hause hatte sie eine weiße Satintischdecke, edles Porzellan und Weingläser mitgebracht und dazu noch Glitzer-Schneeflocken, die sie auf die Tischdecke gestreut hatte und die das Licht der zwei langstieligen Kerzen reflektierten, die den Tisch beleuchteten. Im Hintergrund ertönte leise Musik. Charlotte hatte bewusst Lieder herausgesucht, die in den Vierzigerjahren angesagt gewesen waren. Das, was sie am schönsten an ihrer Dekoration fand, würde sie allerdings beim Aufräumen bestimmt auch am meisten in den Wahnsinn treiben, denn sie hatte, um wirklich einen perfekten Weihnachtsabend zu imitieren, mehrere Riesenbeutel Kunstschnee über den Boden verteilt, sodass es jetzt aussah, als würde man über eine Schneedecke laufen.

„Oh mein Gott, ist das wunderschön“, entfuhr es Agnes St. Claire, als Charlotte sie in das Zimmer hineinführte und die Tür hinter sich schloss.

„Gefällt es Ihnen?“, fragte Charlotte nervös.

„Das haben alles Sie gemacht?“, erkundigte sich Agnes. Als Charlotte nickte, entgegnete Agnes: „Es ist umwerfend. Schöner könnte man den Heiligen Abend nicht verbringen.“

Charlotte hoffte, dass Agnes dies, wenn der Abend zu Ende war, immer noch sagen würde.

„Na dann setzen Sie sich mal hin, das Essen wird gleich serviert. Wir warten nur noch auf einen anderen Gast“, meinte Charlotte.

„Machen Sie sich für alle Bewohner so einen Aufwand? Das wäre doch nicht nötig gewesen, wir hätten doch auch alle gemeinsam im Speisesaal essen können. Wobei ich zugeben muss, dass diese gemütliche Atmosphäre zu zweit etwas Besonderes und Feierliches hat. Wen haben Sie denn als meinen Tischnachbarn ausgesucht? Ich hoffe, jemand Unterhaltsamen“, entgegnete Agnes St. Claire und lächelte schelmisch.

„Warten Sie ab. Aber ich denke doch, dass ich eine gute Wahl getroffen habe.“

In diesem Moment klopfte es an der Tür und einen Moment später trat ihre Kollegin Jasmin mit Agnes’ Tischnachbarn ein.

„Na, habe ich Ihnen zu viel versprochen? Das ist doch mal eine schöne Weihnachtsveranstaltung, oder? Und ihre Tischdame ist auch ganz reizend, das kann ich Ihnen versichern. Sie wohnt in einem der anderen Gebäude, deshalb kennen Sie sie noch nicht.“

„Das mag ja alles sein, aber ich verbringe den Heiligen Abend immer alleine. Ich möchte kein Abenddinner.“

„Ach, kommen Sie“, mischte sich jetzt Charlotte ein. „Das ist ein Geschenk von uns Schwestern und wir haben uns wirklich alle Mühe gegeben, um Ihnen allen eine Freude zu machen. Wollen Sie uns diese wirklich ruinieren?“

„Na gut“, grummelte Emerson Woolsey und ließ sich am Tisch nieder.

Kaum dass er saß, kam das Küchenpersonal und brachte den ersten Gang. Eine cremige Tomaten-Mozzarella-Suppe.

Die Dame aus der Küche und auch Jasmin verabschiedeten sich wieder und nur Charlotte blieb noch im Raum. Sie verzog sich unauffällig ganz in die Nähe der Tür und sagte kein Wort. Wenn alles so lief, wie sie es sich erhoffte, würde sie die beiden irgendwann alleine lassen.

Agnes lächelte höflich, sagte aber kein Wort, denn Emerson beachtete sie gar nicht, sondern ergriff seinen Löffel und fing an, die Suppe zu essen.

Agnes beugte sich vor, um nach der Schale mit dem Brot zu greifen, als Emerson plötzlich hochsah und tief einatmete. „Was ist das für ein Parfüm, das Sie da tragen?“, fragte er leise.

„Chanel No. 5, mein Lieblingsparfüm. In all den Jahrzehnten, seit ich ein junges Mädchen war, habe ich nie ein anderes getragen. Es passt zu allem, wissen Sie. Warum fragen Sie? Gefällt Ihnen der Duft?“, versuchte Agnes ein Gespräch zu beginnen.

„Es erinnert mich nur an jemanden von früher“, antwortete Emerson so leise, dass man ihn nur mit Mühe verstand, und sah die alte Dame dabei an. Agnes fing an zu lächeln und dabei erstrahlte ihr Gesicht, auf diese einzigartige Weise, die Charlotte jedes Mal warm ums Herz werden ließ.

Sie sah, dass Emerson die alte Dame intensiv anblickte und dass er seinen Blick offenbar nicht von ihr abwenden konnte.

EMERSON WOOLSEY

Es musste ein Traum sein! Das konnte nicht real sein.

Diese Augen und dieses Lächeln erinnerten ihn an jemanden. Sie lösten Gefühle in ihm aus, die er schon verloren geglaubt hatte. Wie war das möglich? Lag es daran, dass es Heiligabend war und dass er sie so sehr vermisste?

Selbst die Stimme der Frau erinnerte ihn an seine große Liebe, so sehr, dass es schmerzte. Es war eine dumme Idee gewesen, dass er sich zu diesem Abendessen hatte überreden lassen. Er hätte diese Nacht wie immer seit jenem schicksalshaften Heiligabend allein verbringen müssen.

Als die Küchenbedienung kam, um den Hauptgang zu servieren, hatte er die Suppe kaum angerührt, da ihn die Erinnerungen an den Heiligabend von damals offenbar zu sehr gefangen nahmen.

„Wie ist Ihr Name, wenn ich fragen darf?", sprach ihn seine Tischnachbarin erneut an. Er erschauderte, diese Stimme kam ihm so schmerzlich bekannt vor.

„Emerson", antwortete er nur.

Als die alte Dame nun sprach, schwang auch in ihrer Stimme ein melancholischer Unterton mit. „Ich kannte einst auch einen Emerson. Wir wollten unser Leben zusammen verbringen, aber dann starb er im Krieg, bevor wir heiraten konnten."

Emerson, der bis dahin auf seinen Teller gestarrt hatte, riss den Kopf hoch und betrachtete sein Gegenüber zum ersten Mal richtig.

Er ließ den Blick über die Gesichtszüge wandern, und versuchte darin ein junges, wunderschönes Mädchen hineinzulesen, dann tauchte er hinab in ihre Augen und in dem Moment, als sie lächelte und damit ihr gesamtes Gesicht erstrahlte, durchbohrte ein Pfeil der Erkenntnis Emersons Herz.

„Agnes?", rief er fassungslos und zugleich aufgeregt. „Bist du es, Ginger?"

Agnes St. Claires Augen weiteten sich, als auch sie plötzlich erkannte, wer da vor ihr saß. „Fr...ed?", stotterte sie leise.

„Aber wie ist das ... wie ist das möglich?", fragte Emerson. „Ich dachte, du wärst tot."

„Ich dachte, *du* wärst tot", entgegnete Agnes, die das Ganze immer noch nicht glauben konnte, mit Tränen in den Augen.

Nun kam Charlotte wieder näher. Sie erzählte ihnen, dass sie gewollt hatte, dass die beiden es selbst herausfanden. Und sie gab zu, dass sie die Augen der beiden hatte sehen wollen, wenn sie erkannten, dass sie einander doch nicht verloren hatten. Aber dageblieben war sie eigentlich, um den beiden zu erklären, wie das Schicksal sie getrennt hatte.

Also erzählte sie in kurzen Zügen von Emersons Unfall, davon, warum er ihr nicht mehr hatte schreiben können und dann von Agnes' überstürztem Umzug aufgrund des Krieges. Und dass so bei beiden der Eindruck entstanden war, der andere sei gestorben. Sie fasste sich aber nur sehr, sehr kurz, denn sie wollte den beiden die Möglichkeit geben, ihre Geschichten dem anderen selbst zu erzählen.

Während Agnes und Emerson begriffen, dass sie einander niemals wirklich verloren hatten, trockneten ihre Tränen der Überraschung und machten Freudentränen Platz.

Emerson stand auf und ging zu Agnes hinüber. Unbeholfen stand er einen Moment da und wusste nicht, ob er sie in die Arme schließen durfte. Schließlich waren über fünfzig Jahre vergangen und wer sagte ihm, dass sie all die Jahre genauso empfunden hatte wie er. Eigentlich waren sie ja Fremde und ... In diesem Augenblick stand auch Agnes auf und schloss ihre Arme um Emerson.

Augenblicklich erwiderte er die Umarmung und atmete diesen wunderbaren, so vertrauten Duft ein. Er schloss die Augen und spürte, wie Agnes' Kopf sich genau in die kleine Kuhle unter seinem Schlüsselbein schmiegte, in der sie auch einst immer ihren Kopf gelegt hatte, und ihr warmer Atem drang durch seinen Pullover, und kitzelte seine Haut.

Und plötzlich war er wieder siebzehn Jahre alt und hielt die Liebe seines Lebens im Arm, das schönste Mädchen der Welt. Es kam ihm so vor, als wäre er in der Zeit zurückgereist und konnte wieder dort weitermachen, wo er am glücklichsten gewesen war. Er streichelte sanft über Agnes' Rücken und zog sie noch ein Stückchen näher an sich.

Träumte er das alles nur? Hatte er vielleicht gerade einen Schlaganfall erlitten und sein Gehirn erfüllte ihm in den letzten Minuten seines Lebens seinen größten Wunschtraum?

Er traute sich fast nicht, die Augen wieder zu öffnen, weil er Angst hatte, dass er all das wirklich nur geträumt hatte.

Plötzlich wurde die Musik lauter und ein Lächeln stahl sich auf Emersons Gesicht. Es war eins der berühmten Lieder, zu denen Fred Astaire mit Ginger Rogers getanzt hatte.

Er öffnete nun doch die Augen und sah Charlotte, die vom Plattenspieler zurücktrat und dann zu ihm kam.

„Ich werde jetzt gehen, aber ich dachte, das könnten Sie vielleicht gebrauchen", sagte sie und drückte ihm ein winziges Päckchen in die Hand.

Emersons Augen weiteten sich unmerklich, aber sein Gesicht strahlte noch mehr, während er es in seine Hosentasche gleiten ließ.

„Darf ich dich um diesen Tanz bitten?", fragte Emerson, während er sich aus Agnes' Umarmung löste und sich galant vor ihr verbeugte.

„Mit dem allergrößten Vergnügen, Mr Astaire", antwortete Agnes und ihr Lachen klang wie das eines jungen Mädchens. Sie legte eine Hand auf Emersons Schulter und die andere in seine große Hand und dann drehten sie sich sanft im Takt der Musik.

Charlotte biss sich vor Rührung auf die Lippen und verließ, so leise sie konnte, den Raum. Als sie die Tür schloss, warf Charlotte noch einen letzten Blick auf das beeindruckende Liebespaar.

All die Jahre hatte er davon geträumt, dass Agnes nicht gestorben war und dass er sie eines Tages wiedersah, und dann, ausgerechnet am Heiligen Abend, an dem Tag, an dem er sie für immer verloren geglaubt hatte, trat sie wieder in sein Leben.

Und jetzt schwebte er wie ein junger Mann mit ihr über das Tanzparkett, so als wären keine fünfzig Jahre seit ihrem letzten Tanz vergangen.

Aber es fühlte sich tatsächlich genauso an wie damals, ihre Hand passte perfekt in seine, ihr Kopf ruhte wie dafür gemacht auf seiner Schulter und jeder ihrer Schritte harmonierte miteinander. Und wenn er in Agnes' Gesicht sah, dann erblickte er nicht die Falten, die die Jahre darin gezeichnet hatten, oder die Altersflecken, sondern er sah die funkelnden Augen, die voller Liebe zu ihm aufsahen und sein Herz erwärmten. Und das meinte er wirklich so, es war nicht nur bildlich gesprochen. All die Jahre hatte sich sein Herz kalt und leblos angefühlt, es hatte geschmerzt und war leer gewesen. Aber jetzt schlug es in einem gleichmäßigen und beruhigenden Rhythmus. Es fühlte sich warm an und zum ersten Mal seit Ewigkeiten wieder so, als wäre es heil.

Es war seltsam, nach dieser langen Zeit und einem halben Leben ohneeinander sollten sie sich fremd vorkommen, nicht wissen, was sie sagen sollten, aber tatsächlich war es so, dass es sich anfühlte, als wäre die Zeit stehen geblieben. Das war Agnes, seine Ginger, die einzige Frau, die er jemals geliebt hatte.

Nachdem sie den Tanz beendet hatten, setzten sie sich wieder hin und Emerson bat Agnes, ihm alles zu erzählen … was passiert war, als er in den Krieg zog, während seiner Verletzung und auch danach, als sie geglaubt hatte, dass er tot wäre. Er wollte alles wissen und stellte immer wieder neue Fragen. Es war ihm klar, dass sie nicht ihr ganzes Leben an einem Abend rekapitulieren konnte, aber er wollte so viel wie möglich von ihr erfahren. So viel Zeit hatte er mit ihr verloren. Nun wollte er nicht mehr eine Sekunde davon verschwenden.

Aber auch Agnes war mehr als neugierig, wie Emersons Leben verlaufen war und wollte alles wissen. Für beide war es schwer, sich anzuhören, wie der andere nach dem „scheinbaren" Tod der großen Liebe gelitten hatte. Und Emerson merkte, wie weh es Agnes tat, als er ihr erzählte, dass er sie nie überwunden hatte und sein Leben lang allein gewesen war.

Er konnte ihre Gefühle gut nachvollziehen. Es hatte ihn geschmerzt, und wenn er ehrlich war, dann war er auch eifersüchtig auf Noah gewesen, der das Leben mit Agnes geführt hatte, das er sich mit ihr erträumt hatte. Ein langes gemeinsames Leben, mit Kindern, einem Haus und allem, was dazugehörte. Aber er war auch glücklich darüber, denn er hätte nicht gewollt, dass Agnes, wäre er im Krieg wirklich gefallen, immer einsam geblieben und dann verbittert und allein gestorben wäre. So wie sie es getan hatte, war es schon richtig. Sie hatte getrauert, dann aber ihr Leben weitergeführt, allerdings ohne ihn jemals zu vergessen oder aufzuhören, ihn zu lieben.

Er wünschte sich, er hätte dies auch gekonnt, aber sein Herz war dazu einfach nicht fähig gewesen. Dort hatte es immer nur Platz für sie gegeben.

Die Dame aus der Küche war irgendwann noch einmal hereingekommen und hatte einen Nachtisch und heiße Schokolade für sie gebracht, aber beides stand noch unberührt auf dem Tisch, da keiner mit der Unterhaltung aufhören wollte.

Irgendwann warf Emerson einen Blick auf die Uhr und stellte fassungslos fest, dass schon viereinhalb Stunden vergangen waren. Er wusste, dass die Regeln des Pflegeheims besagten, dass um 22.00 Uhr die Nachtruhe begann und alle Bewohner sich in ihren Zimmern befinden sollten.

Das hieß, es blieb ihm nur noch eine halbe Stunde mit Agnes.

Ein Gefühl unglaublicher Verlustangst und Enttäuschung strömte durch seinen Körper und ließ sein Herz augenblicklich schmerzhaft verkrampfen. Es war albern! Sie hatten einander endlich wiedergefunden und wohnten im selben Pflegeheim. Er konnte morgen früh, direkt nach dem Frühstück zu ihr hinüber ins Nebengebäude gehen ... wenn er es gar nicht mehr abwarten konnte, dann sogar vor dem Frühstück, direkt nach dem Aufwachen. Aber der Gedanke daran, sie jetzt einfach ziehen zu lassen, war schrecklich für den alten Mann. Sie waren beide alt, wer wusste schon, ob nicht einer von ihnen in dieser Nacht starb oder ob sie nach einer Nacht des Nachdenkens zu dem Schluss kam, dass dies alles nur eine Albernheit war und sie ihre Gefühle überbewertet hatte und ihn nicht mehr wiedersehen wollte ... selbst der Gedanke daran war so schmerzhaft, dass er ihn nicht ertragen konnte.

Nein, er musste handeln, er musste alles auf eine Karte setzen und darum beten, dass auch sie in diesem Moment den gleichen Zauber durchlebte wie er.

Er griff in seine Hosentasche, umschloss den Gegenstand fest mit seiner Faust und stand dann mit knackenden Knien auf, um zu ihr hinüberzugehen. Jetzt nach dem Tanzen und dem langen Sitzen, merkte er doch, dass er keine Achtzehn mehr war, musste er sich schmunzelnd eingestehen. Agnes kam ihm aber genauso strahlend schön vor wie einst, und wenn sie lächelte, dann brachte sie sein Herz noch immer zum Schmelzen.

Wie konnte das sein? Wie konnte man so lange getrennt voneinander gewesen und so viele Jahrzehnte älter geworden sein, ohne dass sich an den Gefühlen nur das Geringste geändert hatte? Agnes kam ihm vom Wesen her immer noch so vor, wie das junge Mädchen, das er einst am Bahnhof mit Tränen in den Augen hatte zurücklassen müssen.

Emersons Herz schlug wie wild, als er Agnes' Tischseite erreichte und kurz durchzuckte ihn der Gedanke, welche Ironie des Schicksals es wäre, wenn er hier und jetzt einen Herzinfarkt hätte.

Er atmete ein paarmal unauffällig tief ein und aus und zwang sich zur Ruhe, denn er hatte Angst, dass seine Hände so sehr zitterten, dass sie den Gegenstand fallen lassen würden.

„Liebste Agnes ... meine kleine Ginger", fing Emerson an und begab sich stöhnend auf die Knie. Seine Kniescheiben und auch sein Rücken protestierten und sandten Schmerzstöße durch seinen Körper, aber das war ihm egal. Dieses Mal würde er alles richtig machen und sich von nichts und niemandem, auch nicht von seinem alternden Körper, davon abhalten lassen.

„So lange hat uns das Schicksal voneinander getrennt und uns im Glauben gelassen, unsere große Liebe wäre gestorben. Seitdem ist kein Tag vergangen, an dem ich nicht an dich gedacht und dich nicht vermisst hätte. In dem Augenblick, in dem ich dich das erste Mal sah, wusste ich, du bist die Hälfte, die mich vervollständigt, du bist die Person, die mich zu einem besseren Menschen macht. Ich wollte keine Minute mehr ohne dich verbringen und doch waren es Jahrzehnte, in denen die Welt grauer und düsterer erschien, weil ich dachte, du existiertest nicht mehr darin. Ich habe seitdem nie wieder jemanden geliebt und auch ich selbst war nicht mehr liebenswert. Als ich dachte, du wärst tot, sind mein Herz und meine Seele zersplittert und es gab nichts, um sie wieder zusammenzufügen.

Nun bist du erneut in mein Leben getreten und ich merkte plötzlich wieder, dass ich eins bin. Ich bin wieder ganz. Mein Herz ist nun abermals von Wärme, Liebe und Glückseligkeit erfüllt."

Emerson zog die kleine Samtschatulle hervor, öffnete sie und präsentierte Agnes das Schmuckstück. „Diesen Ring habe ich vor über fünfzig Jahren für dich gekauft. Er trägt all meine Liebe in sich. Aber das Schicksal verhinderte, dass ich ihn dir geben konnte. Beim ersten Mal musste ich in den Krieg ziehen und an einem Heiligabend vor vielen, vielen Jahren stand ich mit diesem Ring vor einem ausgebombten Haus und glaubte, ich hätte dich für immer verloren. Nun ist es wieder Heiligabend und ich will dich auf keinen Fall noch einmal verlieren, deshalb frage ich dich nun: Willst du meine Frau werden und den Rest deines Lebens mit mir verbringen?"

Er blickte in Agnes' wunderschöne blaue Augen, die sich in diesem Moment mit Tränen füllten.

Oh mein Gott, was habe ich getan?, durchfuhr es ihn plötzlich. *Ich knie hier mit meinen morschen Knochen vor einer Frau, die ein halbes Leben lang dachte, ich*

*wäre tot, und mich nun gefühlte fünf Minuten wieder-
gesehen hat, und was tue ich? Ich überfalle sie und bitte
sie, mich zu heiraten. Vielleicht, wenn wir uns wieder
angenähert hätten, hätte ich vielleicht eine Chance gehabt, ihr Herz ...*

„Ja", flüsterte Agnes mit tränenerstickter Stimme.
Emerson fuhr so heftig zusammen, dass sein Rücken
erneut laut knackte. „Was hast du gesagt ... bitte wieder-
hole es ...", sagte Emerson und ließ ihr Gesicht nicht aus
den Augen.

„Ja, ich sagte JA", rief Agnes jetzt laut und beugte sich
zu Emerson hinunter, um ihn hochzuziehen.

In diesem Moment knackte auch ihr Rücken laut und
vernehmlich und beide fingen schallend an zu lachen.

„Wir sind vielleicht ein Paar", meinte Agnes und
wischte sich nun die Lachtränen aus den Augen. Dann
wurde sie wieder ernst. „Ich liebe dich, Emerson! Ich
habe dich immer geliebt und ich habe nie damit aufgehört. Ich möchte dich heiraten, am liebsten gleich morgen, denn ich möchte nicht eine Sekunde mehr ohne
dich verbringen müssen."

Er nahm den Ring aus der Schachtel und schob ihn
unendlich behutsam über ihren Finger, und obwohl er
für das junge Mädchen von damals gemacht worden
war, passte er perfekt. Emerson musste unwillkürlich
an das Märchen von Aschenputtel und dem verlorenen
gläsernen Schuh denken.

Dies war ihr Ring und egal wie viele Jahre vergangen
waren, er würde ihr immer passen.

Nun fielen die beiden sich in die Arme und zu einem
Lied ihrer Jugendzeit gaben sie sich den ersten Kuss seit
fast einem halben Jahrhundert. Und beide wussten,

nun würde sie nichts und niemand mehr trennen können!

CHARLOTTE

Während Charlotte zitternd durch den hohen Schnee nach Hause stampfte, konnte sie an nichts anderes mehr denken, als an Emerson und Agnes.

Wie war der Abend wohl weiter verlaufen? Würde Emerson sich trauen und Agnes einen Heiratsantrag machen? Sie wusste, es stand ihr eigentlich nicht zu, in Mr Woolseys Zimmer zu gehen und den Ring daraus zu entwenden, doch es war ja für einen guten Zweck gewesen.

Aber verlief der Abend so, wie sie es sich vorstellte, oder saßen die beiden jetzt vielleicht beim Nachtisch und schwiegen, weil ihnen die Gesprächsthemen ausgegangen waren?

Doch das glaubte sie nicht. Beide hatten etwas unglaublich Magisches versprüht, als sie von ihren großen Lieben gesprochen hatten und in ihrem Herzen spürte sie, dass die beiden einfach zusammengehörten.

Sie konnte sich gar nicht vorstellen, wie es sein musste die einzig wahre Liebe zu finden, zu glauben, sie für immer verloren zu haben und sie dann plötzlich ein halbes Leben später wiederzufinden.

Sie wäre so gerne noch in diesem Zimmer, um Mäuschen zu spielen, jedes Wort und jeden Blick von Agnes und Emerson zu verfolgen, aber ihr war klar, dass sie die beiden alleine lassen musste. Dies war ein zu intimer und einzigartiger Moment, den man nur zu zweit teilen konnte.

Außerdem hatte sie sowieso gehen müssen, denn das Weihnachtsessen stand vor der Tür und somit auch ihre Gäste. Wenn sie ehrlich war, wollte sie viel lieber bei Agnes und Emerson bleiben und Zeugin ihrer unendlichen Liebe sein.

Was erwartete sie zu Hause denn schon? Weihachsstress, hektische Eltern und Danny. Zwischen ihnen hatte es in letzter Zeit so viele Spannungen gegeben.

Aber wenn man es genau betrachtete, hatte eigentlich sie diese ausgelöst und sie hatte auch fast alle Diskussionen angefangen, doch seit sie das Buch schrieb, erfuhr sie so rührende und wundervolle Liebesgeschichten, dass sie nachdenklich geworden war.

Hatte die Liebe zwischen Danny und ihr das Potenzial, so zu wachsen, dass sie eines Tages in vierzig oder fünfzig Jahren genauso einzigartig war wie die Geschichten, die sie gehörte hatte?

In letzter Zeit zweifelte sie ein wenig daran. Ja, sie liebte Danny aus tiefstem Herzen, aber sie war sich nicht mehr sicher, ob er das Gleiche für sie empfand.

Sie hatte mehr und mehr das Gefühl, dass es ihn nicht mehr sonderlich interessierte, was sie dachte oder wie sie sich fühlte. Und es schien, als würde er die Zeit lieber mit seinen Freunden, als mit ihr verbringen.

Oder war sie durch die Geschichten, die sie gehört hatte, zu anspruchsvoll geworden? Suchte sie sprichwörtlich nach dem Ritter auf dem weißen Pferd und übersah dabei ganz, dass sie eigentlich schon einen Prinzen zu Hause hatte?

All das ging ihr durch den Kopf, während sie durch die Straßen nach Hause eilte und der Schnee auf sie herabrieselte.

Sie schlang die Jacke enger um sich und vergrub ihr Gesicht, so gut es ging, in den flauschigen Schal, den sie um den Hals trug.

Als sie um die Ecke bog, konnte sie schon die hell erleuchteten Fenster ihrer Wohnung sehen. Normalerweise hatte sie Gardinen und blickdichte Vorhänge vor dem Fenster, sodass niemand von draußen hereinschauen konnte, aber jetzt zur Weihnachtszeit waren sie mit Fensterbildern, Sternen und Schneespray verziert. Als Charlotte näher trat, konnte sie einen Blick ins Wohnzimmer werfen und sie sah, dass Danny einen Weihnachtsbaum besorgt hatte.

Sie wusste, viele Leute kauften ihren Baum, so früh es ging, manchmal schon am zweiten oder dritten Advent, aber sie kannte es von klein auf so, dass der Weihnachtsbaum erst Heiligabend gekauft und geschmückt wurde und diese Tradition hatte sie beibehalten.

Sie hatte insgeheim schon befürchtet, dass sie dieses Jahr keine Zeit mehr hätten, einen Baum zu kaufen, und sie deshalb den künstlichen Weihnachtsbaum aus dem Keller holen musste, der, wenn man ehrlich war, schon bessere Tage erlebt hatte, aber die Überraschung für Emerson und Agnes war ihr so wichtig gewesen, dass sie beschlossen hatte, dafür notfalls auch auf einen Baum zu verzichten. Sie hatte Danny auch nicht daran erinnert, weil sie wusste, dass er ebenfalls arbeiten musste, danach noch die letzten Weihnachtseinkäufe erledigen und seine Eltern abholen musste.

Als sie ihn nun beobachtete, wie er sich unbeholfen und tollpatschig mit dem Baum herumquälte, um ihn alleine in den Ständer zu wuchten, füllte sich ihr Herz wieder mit Liebe zu ihm. Sie wusste, dass er gut auf ein

2,50 m Ungetüm von Weihnachtsbaum verzichten konnte und dass er heute mehr als genug Stress hatte, und trotzdem hatte er den Baum besorgt; weil es *ihr* wichtig war!

Und ihr wurde klar, dass es in Wirklichkeit oft die Kleinigkeiten waren, die eine wahre Liebe auszeichneten. Es war kein Ritter auf einem weißen Pferd oder teure Geschenke oder große Gesten, es waren die kleinen Alltagsdinge, die einem zeigten, dass der andere einen von Herzen liebte. Das war letztendlich das, was zählte.

Sie betrachtete Danny noch eine Weile liebevoll vom Fenster aus, bevor sie sich abwandte und hineinging.

Es gab ein großes Hallo, als sie durch die Tür trat, denn ihre und Dannys Eltern waren auch schon da und begrüßten sie herzlich.

Die Stimmung war gelöst und voller Weihnachtsfreude und der Abend wurde doch viel schöner, als Charlotte es gedacht hatte. Ihre und Dannys Mutter halfen ihr beim Kochen, sodass die Menüvorbereitung überhaupt nicht stressig war, während die Männer den Baum schmückten, damit er pünktlich zur Bescherung fertig war.

Nachdem sie gegessen hatten, gingen sie hinüber ins Wohnzimmer und sangen im Licht der Weihnachtsbaumkerzen Lieder, während Danny sie liebevoll im Arm hielt.

Dann war es Zeit zur Bescherung und alle überreichten sich gegenseitig ihre Geschenke. Charlotte war erleichtert, denn jeder schien sich über die ausgesuchten Geschenke aufrichtig zu freuen, auch Danny war überglücklich über das Präsent, das sie ihm gekauft hatte.

Allerdings hatte er ihr bis jetzt noch kein Paket über-
reicht. Hatte er es vielleicht aufgrund des Stresses vergessen? Aber das konnte sie sich nicht vorstellen, dann
würde er hier nicht so ruhig sitzen.

Als alle ihre Geschenke ausgepackt hatten und sich
gemütlich zurücklehnten, sah sie aus den Augenwin-
keln, dass Danny seinem Vater ein Zeichen gab. Dieser
ging zur Musikanlage und Sekunden später erklang
Stille Nacht. Danny stand von seinem Sessel auf, in
dem er während der Bescherung gesessen hatte, und
kam zu ihr hinüber.

*Er muss ja ein tolles Geschenk gefunden haben, wenn
er das Ganze so ausschmückt,* dachte Charlotte gerade,
als Danny sich vor ihr auf die Knie fallen ließ.

Oh mein Gott, er wird doch nicht ...

Im Licht der Kerzen schien der Ring, den Danny ihr
entgegenstreckte, so hell zu strahlen wie ein Stern. Der
Stein, der in der Mitte eingelassen war, funkelte atemberaubend und reflektierte die Lichterketten des Weih-
nachtsbaums.

„Charlotte, ich liebe dich über alles, du bist die Frau,
mit der ich mein Leben verbringen will. Wenn ich nicht
bei dir bin, dann fehlt ein Teil von mir und ich sehne
mich nach dir. Ich weiß, ich habe dich in den letzten
Monaten sehr vernachlässigt, aber das lag nicht daran,
dass ich keine Zeit mit dir verbringen wollte. Ich war
nach der Arbeit nie in der Kneipe mit meinen Freunden
oder beim Sport, sondern habe die Abendschicht in einem zweiten Job übernommen, damit ich das Geld für
den perfekten Ring für dich verdienen konnte. Das war
der Grund, warum ich nie wollte, dass du mich beglei-
test. Ich wollte einfach, dass du einen Ring bekommst,

der unserer Liebe würdig ist. Ich weiß, ich bin nicht perfekt, und es wird immer Dinge geben, die dich an mir verärgern, aber ich schwöre dir, es wird keinen Mann geben, der dich so aufrichtig liebt wie ich. Und ich werde versuchen dich nie unglücklich zu machen. Meine liebste Charlotte, bitte heirate mich; werde meine Frau, damit die ganze Welt weiß, dass wir zusammengehören!"

Charlotte saß da wie erstarrt, sie hatte an diesem Abend mit vielem gerechnet, aber nicht mit einem Heiratsantrag. Im Gegenteil, auf dem Weg hierher war sie sich noch nicht einmal sicher gewesen, dass Danny sie überhaupt so liebte wie sie ihn.

Und jetzt hatte er ihr die schönste Liebeserklärung aller Zeiten gemacht und noch dazu einen Heiratsantrag.

Danny starrte sie erwartungsvoll und mittlerweile auch ein wenig verunsichert an. Sie musste schmunzeln, schließlich wusste er von all ihren Gedanken nichts und bekam Angst, weil sie nicht antwortete.

„Jaaaaa, natürlich will ich dich heiraten. Ich liebe dich, Danny!", rief sie, ließ sich zu Danny auf den Boden sinken und küsste ihn stürmisch.

„Frohe Weihnachten, zukünftige Ehefrau", flüsterte Danny und schloss sie fest in seine Arme.

„Frohe Weihnachten, mein Schatz", entgegnete Charlotte.

Jetzt würde sie nicht nur einen Roman über außergewöhnliche und große Lieben schreiben, sondern sie selbst erleben und damit ihre eigene Geschichte erschaffen, die es vielleicht eines Tages wert war, in einem Buch festgehalten zu werden, wie die von Agnes und Emerson.